悪役の王女に転生したけど、隠しキャラが隠れてない。

I WAS REINCARNATED AS A VILLAIN PRINCESS, BUT THE HIDDEN CHARACTER IS NOT HIDDEN.

6

著
早瀬黒絵
KUROE HAYASE

イラスト
comet

キャラクター原案
四つ葉ねこ

TOブックス

CHARACTER DATA

ルフェーヴル＝ニコルソン

乙女ゲーム『光差す世界で君と』の
隠しキャラクター。
闇ギルドに属する凄腕の暗殺者。
妻のリュシエンヌにしか興味がない。

リュシエンヌ＝ニコルソン

ヴェリエ王国のかつての第三王女。
虐待を受けていたが、クーデター以降
ファイエット家の養女として迎えいれられる。
夫のルフェーヴルが何よりも大切。

エカチェリーナ＝クリューガー

アリスティードの婚約者。
公爵令嬢。

アリスティード＝ロア・ファイエット

攻略対象の一人。
ベルナールの息子で
リュシエンヌの義理の兄となる。

オリヴィエ＝セリエール

乙女ゲームの原作ヒロイン。男爵令嬢。
魂が二つ存在している。
転生者の魂は、自己中心的な性格。

オーリ

オリヴィエの身体に元々あった魂だが、
主導権を奪われている。
優しい心の持ち主。

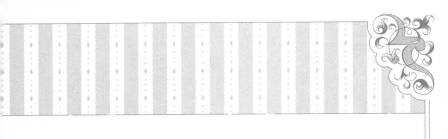

CONTENTS

六．学院編二 それぞれの思惑

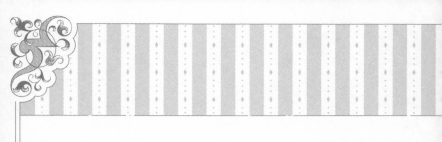

◆イラスト◆ comet
◆デザイン◆ 諸橋藍

六.

学院編二
それぞれの思惑

I WAS REINCARNATED
AS A VILLAIN PRINCESS,
BUT THE HIDDEN CHARACTER
IS NOT HIDDEN.

中期の始まり

朝、いつものようにルルの声で目が覚める。

「リュシー、朝だよぉ。おはよぉ」

「……おはよう、ルル」

眠気と戦いながら起き上がれば、ルルがわたしの額にキスをする。

婚姻して以降、こういうスキンシップが増えて少し気恥ずかしい半面嬉しくもあった。

ベッドの上でリニアさんが持ってきてくれた紅茶を飲んで、目が覚めるのを待つ。

その間、ルルがわたしの髪をブラシで軽く梳いて整えてくれる。

それから顔を洗って、一息吐いたところで声をかけられる。

「そろそろ朝食にする～？」

「そうしようかな」

既に朝食が用意されたテーブルへ移動する。

椅子にわたしが座ると、横にもう一つ椅子を持ってきたルルが座り、並んでいる皿から一口ずつ食べて確かめていく。その様子をわたしはぼんやり眺めた。

……結婚、したんだよね。

乙女ゲーム『光差す世界で君と』の世界に転生して、新王家の王女となって十一年が経ち、先月、わたしは十六歳を迎えた。

ヒロインのオリヴィエ＝セリエールが魅力的な攻略対象達と恋に落ちるという原作の物語とは裏腹に、彼女は現在、誰とも恋に落ちることなく学院生活は進んでいる。

わたしだけでなく、ヒロインの彼女も転生者らしく、その影響で原作とは違っているのだろう。

そして目の前にいるルルこと、ルフェーヴル＝ニコルソンは原作ゲームでは隠しキャラだった。

本来、悪役のわたしと隠しキャラのルルが繋がりを持つことはないはずなのだけれど、わたし達は婚約して、色々あったけれど、約束していた通り、わたしはルルのお嫁さんになったのだ。

「うん、食べてもいいよぉ」

とルルが頷き、取り分け皿にわたしが食べられる量を取って用意してくれた。

「ありがとう、ルル」

食べている間も飲み物を用意してくれたり、口元を拭ってくれたり、何かとわたしの世話をするルルの表情は楽しそうで、わたしを構いたくて仕方がないというふうである。

朝食を終え、リニアさん達に手伝ってもらって着替え、髪を整えてもらったらカバンを持つ。

わたしの片耳とルルの片耳にはお揃いのピアスが光っている。

そして左手薬指には同じ意匠の指輪もあった。

ルルのほうは手袋で隠れてしまっているけれど、指輪もピアスも、こうして身に着けると夫婦になったのだという実感を強く感じる。

なんとなくルルを見上げれば、ルルが小首を傾げてわたしを見下ろす。

「ルル」

名前を呼んで、口元に手を添えるとルルが耳を寄せてくる。

そのタイミングでルルの頬にキスをした。

ルルがちょっと驚いた顔をして、でもすぐに笑う。

「リュシーは悪戯っ子だねぇ」

ルルがわたしの手からカバンを取り、腕を差し出してくる。

その腕にわたしはそっと手を添え、ルルにエスコートをしてもらいながら部屋を出た。

離宮を出れば時間通り、お兄様の乗った馬車が到着する。

「おはよう、リュシエンヌ、ルフェーヴル」

「おはようございます、お兄様」

「おはよぉ」

本来、原作の乙女ゲームでは悪役であったわたし、リュシエンヌ＝ラ・ファイエットはアリステイード＝ロア・ファイエット、つまりお兄様を含めた攻略対象達とは不仲のはずだった。

しかし、今のわたしは悪い王女でもないし、お兄様達との仲も良好で、原作とは異なり、お兄様の親友であるロイドウェル＝アルテミシアとの婚約もしなかった。

わたしは確実に、原作とは違った道を歩んでいる。

その馬車へと乗り込み、学院へ向かった。

今日から学院が始まる。一ヵ月半ぶりの学院だ。

朝早くに学院へ到着すると、夏季休暇の余韻が残っているのか、学院の門を潜る他の生徒の表情は明るく、足取りも軽い。みんな夏季休暇を沢山楽しんだのだろう。

前期と変わらず、わたしはお兄様と一緒に登校した。

第二校舎の三階へ上がって生徒会室横の休憩室に入る。

お兄様もいつも通り、生徒会長の仕事を行うために生徒会室へ入って行った。

そこで本を読んでいると扉が叩かれた。ルルが応対し、お義姉様《ねえさま》が入って来る。

「ご機嫌よう、リュシエンヌ様」

数日ぶりの再会だった。

エカチェリーナ＝クリューガー公爵令嬢。お兄様の婚約者だ。

わたしにとっては未来の姉であり、大切なお友達でもある。

「ご機嫌よう、お義姉様」

「中期もどうぞよろしくお願いいたします」

「こちらこそ、よろしくお願いいたします」

どうやら挨拶のために寄ってくれたらしい。

「お兄様とはもうお会いになりましたか？」

「ええ、先ほどご挨拶してまいりましたわ。そうしましたら、リュシエンヌ様にも顔を見せてあげてほしいとおっしゃられて」

お義姉様がおかしそうにクスクスと笑う。

わたしが喜ぶだろうと思ったのかもしれない。その気遣いが嬉しい。

「お義姉様に会えて嬉しいです」

「わたくしもですわ」

互いににっこりと微笑み合う。

お義姉様は夏季休暇中に溜まった仕事をこなすために、生徒会室へ戻っていった。

そのすぐ後にまた部屋の扉が叩かれる。ルルが扉へ向かい、開けた。

そこにはミランダ様とロイド様がいた。

ロイドウェル＝アルテミシア公爵令息ことロイド様も攻略対象の一人だが、現在はミランダ＝ボードウィン侯爵令嬢と婚約しており、ロイド様もミランダ様も、わたしのお友達だ。

「こんにちは、リュシエンヌ様」

「ご機嫌よう、リュシエンヌ様」

二人の挨拶にわたしも返す。

「ご機嫌よう、ロイド様、ミランダ様。数日ぶりですがお元気そうで何よりです」

それに二人の雰囲気が少し変わっている。

何というか、以前よりも二人の距離が近い。

それに二人とも、お互いの瞳の色の、同じデザインのピアスをつけている。

「素敵なピアスですね」

ミランダ様が頬を染めた。

「ええ、ロイド様が贈ってくださいましたの」

「リュシエンヌ様とニコルソン子爵を見て、ミランダと揃いのものが欲しいと常々考えていたんだけどね」

ロイド様とミランダ様が目を合わせて微笑み合う。

ミランダ様の方は照れているが、嫌そうな感じはなく、むしろ嬉しげである。

誕生日パーティーではここまでではなかった。

この数日の間に何があったのか気になるところだ。

「僕は生徒会室に先に行くよ。また後で」

「ええ、私も後ほどまいります」

ロイド様がミランダ様の赤い髪をするりと撫でてから、一礼して部屋を出て行った。

足音がして、隣室の扉の閉まる音がする。髪を撫でられたミランダ様の顔が赤い。

「ミランダ様、よろしければこちらにお座りください」

横の椅子を示せば、そこにミランダ様が腰掛ける。

勝気そうな顔立ちとは裏腹に恥ずかしそうにしている姿が何とも可愛らしい。

「ロイド様と仲良くなれたようで何よりですわ。もしよろしければ、お話をお訊きしてもよろしいでしょうか？」

ミランダ様がこくりと頷いた。

「大丈夫ですわ」

「先日のわたしの誕生日パーティーでは、あそこまでお二人の距離は近くありませんでしたよね？」

「えぇ、リュシエンヌ様のお誕生日パーティーの翌日、ロイド様からデートのお誘いがありまして……」

ミランダ様が両手で頬を挟む。

お二人はその三日後、デートに出掛けたそうだ。ロイド様がエスコートをしてくれたらしい。

ミランダ様の好きな観劇に始まり、その後はカフェで昼食を摂りながら劇についてお喋りをした。

今流行りの恋愛ものの劇はミランダ様の好みど真ん中で、非常に面白かったとのことだ。

それから本屋を巡り、互いに好きな本を買った。

雑貨屋に足を伸ばしたり、王都でも有名な噴水広場を見に行ったり、装飾品店にも行った。

「その時に『どうかこの先、私と同じピアスをつけて共に歩んでください』と告白を受けましたの」

「まあ、ロマンチックですね……！」

わたしとルルも一つのピアスを分け合っている。これがなかなかに素晴らしくて、互いをいつ見ても、鏡合わせのように同じピアスが眼に映るので幸せな気分になれるのだ。

ミランダ様が、ふふっ、と笑った。

「リュシエンヌ様とニコルソン子爵が一対のピアスを分け合ってお使いになられているでしょう？それが若い貴族達の間で話題になっているのです。さすがに一対のピアスをとまではいきませんけれど、同じ意匠のピアスをつける婚約者達も増えております」

……あ、わたし達が元ネタなんだね。

「ではロイド様の言葉も流行りの？」

「いいえ、このように告白を受けたというのは聞いたことがございません……」

「ではミランダ様とロイド様が初めてなのですね」

また顔を赤くしているミランダ様が、恋する女の子そのものという感じで微笑ましい。

それにロイド様もなかなかにやる。ミランダ様は流行に敏感だ。そこを押さえつつ、鉄板のデートコースでミランダ様の好きなものもきちんと把握しているようだ。

友人であるロイド様、ミランダ様の二人が幸せになってくれるのはとても喜ばしい。

「ロイド様は情に厚い方ですから、きっとミランダ様を大事にしてくださるでしょう」

「そうでしょうか？」

「ええ、もし大事にしてくださらなければ、わたしがロイド様を問い詰めて差し上げます」

「まあ」

胸を張ったわたしにミランダ様がおかしそうに笑った。

きっと冗談だと思っただろうが、本心である。

もしもロイド様がミランダ様を蔑《ないがし》ろにするようなことがあれば、わたしは物申すつもりだ。

……そんなことはないと思うけれど。

先ほどのロイド様の様子からして、ミランダ様を大事に思っていることは明白だった。

それにロイド様のあんな甘い声も初めて聞いた。

ミランダ様へ話しかける時の、柔らかく落ち着いた、でもどこか甘い響きの声。表情も優しくて、ミランダ様だけを見つめていた。

「本当に良かったですね、ミランダ様」

そう声をかければ、ミランダ様が頷く。大輪の花のような美しい笑顔だった。

「色々と気になることもございますけれど、中期も楽しみですわね」

ミランダ様の言葉に頷く。

「中期では対抗祭や学院祭もありますし、町では今年も豊穣祭があるでしょう」

「対抗祭も学院際も、実は楽しみにしているんです」

ミランダ様が楽しそうに微笑んだ。

「そうですね。対抗祭は普段の訓練の成果を出せるので、私達も楽しみですわ」

ルフェーヴルルート

夏季休暇がやっと終わった。

オリヴィエは学院が始まると、まず情報収集を行うことにした。

今までは原作のゲームで攻略対象が出現する場所に行っていたけれど、今回は先に下調べしておくのだ。リュシエンヌという異物がいるせいで原作が変わってしまったかもしれない。

もしそうだとしたら攻略対象の、アリスティードの行動にも変化がある。

そのため今現在のアリスティードの行動を知る必要があった。

そこでオリヴィエは出来る限り第二校舎の付近に留まることにした。

第二校舎の二階と三階へはさすがに行けない。行けば一年生は酷く目立つし、三階は生徒会と三年生の上位十名しか基本的に立ち入りは許されていない。

だからオリヴィエは朝早くに登校し、ギリギリ遅くまで残って下校する。

毎日カフェテリアも見に行ったけれど、二階には行けないし、他のご令嬢達に訊くとあまりアリスティード達は利用していないらしい。一応中庭も確認したけれどいなかった。

朝も、昼休みも、放課後も、第二校舎の出入り口や渡り廊下の見える場所で過ごした。

そこで分かったことはいくつかあった。

まず、アリスティードはリュシエンヌと登下校しており、同じ馬車を使用している。

次に、昼食は第二校舎内で摂っていて、カフェテリアはあまり利用しない。

アリスティードの近くには常に護衛の騎士がいる。

アリスティードが第二校舎を出るのは恐らく、登下校と移動教室の時だけ。

そしてリュシエンヌの傍には愛する彼がいる。

……ヒロイン《わたし》の居場所を奪った上に、ルフェーヴル様と結婚までするなんてありえない。

きっと王女の身分を使ってなんらかの方法で結婚したのだろう。

原作でもルフェーヴルはヒロインと結婚することはないので、無理やりに違いない。

「ルフェーヴル様……」

第二校舎を見張りながら思わず呟く。

そしてオリヴィエは前世で遊んだゲームの、ファンディスクについて思い出したのだった。

＊　＊　＊　＊

ルフェーヴル＝ニコルソン。闇ギルドの凄腕の暗殺者。

ファンディスクでのみ登場する隠しキャラだ。

ヤンデレで、自己中心的で、排他的な思考の持ち主だ。他人には基本的に容赦ない。

ファンディスクはヒロインがアリスティードなどの攻略対象全てと友人関係のまま学院を卒業した後の話という設定になっている。ヒロインは優秀で、王城で文官の一人として働くことになる。

初日に、他の攻略対象からの誘いを全て断ることでルートが開けるキャラクターだ。

遅くまで文官の仕事をして、帰る時、城を出る際にヒロインは違和感に気付く。

……誰かに見られているような？

辺りを見回し、気配も姿も朧《おぼろ》げだが、建物の屋根の上にいる人物に気付くのだ。

「あなたは誰？」

「へぇ、オレが見えるんだぁ？」

それがヒロインとルフェーヴルとの出会いである。

王太子や公爵令息などが思いを寄せるヒロインがどんな人物なのか興味を示し、見に来るのだ。

ここも選択肢の一つで、違う通り道を選択するとルフェーヴルのルートから外れてしまう。

他のどの攻略対象よりもシビアなのがルフェーヴルルートだ。

初の邂逅《かいこう》はたったそれだけ。でも、そこから段々と出会う回数が増えていく。

ただしルフェーヴルに出会うためには、最適なタイミングで、人気のない場所を選択しつつ、他の攻略対象から一定の好感度を保っておかなければならない。

選択肢を一つでも間違えばルフェーヴルはヒロインから興味を失くす。

その場合は最も好感度の高い他の攻略対象のルートに強制的に入ってしまう。

ルフェーヴルのルートを維持するには正しい選択肢のみを選んでいく必要があった。

人気のない場所、人目に触れない場所。そういったところへ行けばルフェーヴルが現れる。

三度目の出会い以降は会話が増える。

そこで出る選択肢は大まかに言って三つ。

ルフェーヴルの話に共感する。

ルフェーヴルの話を黙って聞く。

ルフェーヴルの話に反論する。

この選択肢では黙って聞くのが正解だ。

ルフェーヴルは自分本位なのでただ話をしているだけで、ヒロインに何かを求めてはいない。

だからヒロインは黙って話を聞き、ルフェーヴルが満足するまで他愛のない会話を続けるべきなのだ。ルフェーヴルが過激なことを言っても、共感も否定もしてはいけない。

そしてルフェーヴルの存在を誰かに話してもいけない。

もし誰かに話してしまうと、話してしまった相手の攻略対象共々、暗殺される。

二人だけの密会というわけだ。

しばらく黙って話を聞くが、好感度がある一定値を超えたら今度は選択肢を変更する必要がある。

それはルフェーヴルの、この一言が重要だ。

「君はどう思う〜？」

ここで出る選択肢でのみ『共感する』を選ぶ。

そしてまた黙って聞くに戻る。

このたった一度の共感がルフェーヴルの中に、ヒロインへの強い興味を生み出すのだ。

これが成功すると格段にルフェーヴルの出現頻度が増える。

ここでやっとルフェーヴルのハッピーエンドが開放される。

バッドエンドは殺される。しかもルフェーヴルのバッドエンドは種類が多い。

誰かに密会を話しても殺される。他の攻略対象の誘いに乗っても殺される。

イベント以外で攻略対象に三回以上話しかけると、アリスティード以外は暗殺されてしまう。

アリスティードの場合はルフェーヴルが姿を消す。

好感度を上げていくとそれまでは夜の間しか会いに来なかったルフェーヴルが、今度は昼間だけ会いに来るようになる。ヒロインと会う時間をつくるために、仕事を夜だけにするという設定だ。

更に好感度が上昇するとイベントが発生する。

ヒロインが貴族の不正に気付いて正そうとするのだが、そのせいで貴族の手の者から狙われてしまう。襲われたところをルフェーヴルに助けられるのだ。

その奇襲イベントを無事終えるとルフェーヴルからの身体接触と独占欲が表れてくるのだ。

そうしたら、ルフェーヴルの言葉に全て「はい」で答えなければならない。

一度でも「いいえ」を選択すると殺される。

やがて、ルフェーヴルはヒロインに自分の下へ来ないかと誘いをかけてくるようになる。

だがそこで安易に頷いてはいけない。あえて「今のままでいたい」を選択する。

ルフェーヴルの独占欲は日に日に増し、最終的にヒロインはルフェーヴルに攫われてしまう。

王都から離れた場所にあるらしいどこかの屋敷に連れ去られ、そこで軟禁されるのだ。

「泣いても叫んでも逃がさない」

そう言ったルフェーヴルに選択肢が表示される。

そこでヒロインはこう返すのだ。

「ずっと逃がさないで」

ヒロインがルフェーヴルの執着を受け入れる。

これでルフェーヴルルートのハッピーエンドが確定し、ヒロインとルフェーヴルだけの世界となる。

軟禁を受け入れたヒロインにルフェーヴルは優しくなり、望む物があればどんなものでも用意してくれるし、どんなお願いも叶えてくれる。ただし外の世界に出ることは許されない。

それ以外の選択肢は全て、ルフェーヴルとヒロインの甘い生活の一コマが見られる仕様である。

ヒロインはルフェーヴルだけを愛し、ルフェーヴルはヒロインを甘やかし。

この仄暗《ほのぐら》い関係は続いていく。怠惰な生活をするも良し。享楽に耽《ふけ》るも良し。

しかし、最後は日の当たる庭かどこかで、少し成長したルフェーヴルとヒロインが寄り添いあって過ごすスチルが表示されて終わるのだ。

このスチルとルフェーヴルの行動パターンの変化から、ゲームファンの中には『光差す世界で君と』のメインヒーローは、実はルフェーヴルだったのではないかという憶測まで出てきていた。

＊　＊　＊　＊　＊

彼女が『光差す世界で君と』を遊んだきっかけは、ルフェーヴル＝ニコルソンというキャラクターだった。スマホのゲームアプリで出てくる広告で知った。一目惚れだった。

絵も、顔立ちも、声も、性格も、暗殺者という職業も彼女の好みだった。

それに他の攻略対象と結婚するとヒロインは王太子妃や夫人として過ごすことになるが、ルフェーヴルルートはヒロインもルフェーヴルも自分の欲に忠実に生きる。

しかもルフェーヴルはヒロインに尽くしてくれる。

ゲームを攻略した時、それがいいと思った。

現実の世界は退屈だった。学校に行って好きでもない勉強をして、大して親しくもないクラスメート達とつるんで、面白くもない話で笑って、家に帰れば平凡で気の弱い、つまらない両親がいる。

美しい顔立ちの男性が自分だけに執着し、愛し、死ぬまで尽くし続けてくれるなんて最高だった。

だから前世ではゲームにのめり込んだ。

クラスメート達にバレないように。両親にバレないように。

普段の生活を送りながら寝食を削ってゲームを攻略し、ファンディスクも購入して遊んだ。

死んで転生した時は驚いたし、腹が立ったけれど、自分がヒロインだと気付いた時は最高だと思った。だって、この世界なら本物のルフェーヴル様に会える。

……そう、思ったのに。

第二校舎から出てきた四つの人影を離れた場所から見つめる。

ルフェーヴルルートに繋げるにはアリスティードに近付かなければならなかったのに、リュシエンヌがその場所を奪った。そしてルフェーヴルルートも奪っていった。

原作ですらルフェーヴルとヒロインは結婚していないのに、リュシエンヌはルフェーヴルと結婚している。

……ルフェーヴル様はヒロイン《わたし》のものなのに。

ギリリと爪を噛む。

とにかく、今からでもアリスティードに近付いてルート修正しなければ。

ただ近寄るだけでは好感度の上昇が間に合わないかもしれない。

そのために、アリスティードの婚約者とリュシエンヌを利用する必要がある。

二人にオリヴィエが虐められていると周囲に印象付けさせるのだ。

「まずは婚約者のほうね」

オリヴィエの新緑の瞳が怪しげに光る。

……そしてリュシエンヌの評価も下げてやる。

二人の評価を卒業パーティーまでに出来る限り下げ、虐められていると噂を広げて、パーティーで断罪するのだ。攻略対象が全員いなくても、きっと何とかなる。

悪役の二人とヒロインなら、みんな泣いているヒロインを信じるはずだし、その場でリュシエンヌがルフェーヴル様に無理やり結婚を迫ったことも暴露すれば、隠し立て出来なくなるだろう。

……助けたら、ルフェーヴル様に愛されちゃったりして。

オリヴィエは鼻歌を歌いそうになるのを我慢しつつ、リュシエンヌ達の行動を調べるために隠れていた花壇からこっそり立ち上がり、その場を後にした。

公爵令嬢と男爵令嬢

中期が始まって三週間。エカチェリーナは珍しく困惑していた。

最近、とある令嬢に妙に絡まれている。あのオリヴィエ＝セリエール男爵令嬢だ。

情報収集のために協力関係を持つ『耳』の一人の情報によると、最初の一週間、男爵令嬢は早朝に通い、休み時間は姿を消し、放課後は誰よりも遅く帰っていたそうだ。

そうして別の『耳』の話では、どうやら第二校舎を監視しているというのだ。

男爵令嬢はアリスティードかリュシエンヌ、どちらかの行動を調べようとしているらしい。

朝は第二校舎の出入り口をこっそり覗ける場所に隠れており、休み時間は渡り廊下を第一校舎の空き教室から眺め続け、授業を終えると急いでまた第二校舎の出入り口を見張りに向かう。

一時は第二校舎の一階をうろついたこともあったが、二階は三年生の教室で、三階は生徒会室や三年生の上位十名に与えられた休憩室なので、さすがにそこまで行くことはなかった。

一週間、その行動を男爵令嬢は続けた。

その後、今度は何故かエカチェリーナの周囲に現れるようになったのだ。

最初は気付くと遠巻きに見られているだけだった。

他の子息令嬢達と交流を深めるために週の半分はカフェテリアで昼食を摂っているのだが、その時は高位貴族も下位貴族も交じるため、一階でテーブルを囲むのだ。

そうすると、たまに視線を感じる時がある。それを辿ると大抵、あの男爵令嬢がいる。

しかし目が合うとビクリと体を跳ねさせて逃げ去った。

一年の教室へ用があって行くと、わざわざ隣の教室から出てきて、ジッとみつめられることもある。その際も、やはり目が合うと怯えたような顔で慌てて教室へ引っ込むのだ。

あまりにわざとらしい動きなので、そのうち、嫌でも目に付くようになってしまった。

二年に知り合いがいるのか、たまに二年生の教室付近にいることもある。

エカチェリーナのことを見るくせに、近付くと慌てたような、怯えたような顔で逃げていく。

それが二週間目の間の出来事だった。

「……エカチェリーナ様、よろしいのですか？」

目が合ったのに目礼一つせずに逃げ去る。

そんな失礼な態度の男爵令嬢の行動を不快に思ったのだろう、ご令嬢の一人に問われた。

エカチェリーナと交流を深めるために周囲にいた子息令嬢達は、男爵令嬢の意味不明な行動を不可解に思い、そして未来の王太子妃、ひいては王妃になるであろう人物に対して凝視したり、訳もなく怯えたりするものだから眉を寄せる者もいた。

「ええ、あの方は関わると少々疲れますので、放っておくのが一番、害がありませんのよ」

「ですが、あまりにも無礼ではありませんか」

「あんなふうに意味もなく一方的に見つめたかと思うと、突然逃げ出して、非常に不愉快です」

「あの方、以前は王女殿下の悪評を広めようとなさって失敗したとか……」

「まあ、そんな不敬を？」

「とんでもないご令嬢ですね……」

周囲の子息令嬢の言葉にエカチェリーナは苦笑する。

「ご心配をしてくださり、ありがとうございます。このまま続くようであれば、彼女と話してみるつもりですので、大丈夫ですわ」

「そうなのですね」

「それならば良いのですが……」

エカチェリーナの言葉に子息令嬢達が口を噤《つぐ》む。

一番被害を受けているエカチェリーナが良いと言っている以上、自分達が口を出すことは出来ない。彼ら彼女らは、きちんと自分達の立場を理解していた。

そうして三週間目、変化が訪れた。

朝の登校時、後ろから走ってきた女生徒がエカチェリーナの目の前で転んだ。

それも盛大に「きゃあ⁉」と悲鳴を上げ、地面に両手をついて。

驚いたエカチェリーナだが、すぐに助け起こそうと手を伸ばしかけて、顔を上げた女生徒があの男爵令嬢だと気付いてハッとした。

何故か男爵令嬢もハッとした表情を見せ、次に怯えたように何度も「ごめんなさい！　ごめんなさい！」と謝罪の言葉を口にして、また走り去っていった。

周りの生徒の視線が集中する中で、エカチェリーナは困ったように曖昧に微笑むしかなかった。

意味不明な行動だった。学院に通うのは貴族が多い。貴族は滅多に走ることがないので、自分の横を走り抜けられるだけでも驚きなのに、突然自分から地面に転がったのだ。

……あれは手が痛そうね。

エカチェリーナは素直にそう思った。意味不明だが、ぶつかられたわけでもない。

何だったのだろうかと疑問に思いつつ、授業を受け、そして昼休みになり、子息令嬢達とカフェテリアへ向かった。

昼時のカフェテリアは人が多い。だからエカチェリーナは周囲の人々に気を付けていたし、周りの子息令嬢達も出過ぎた真似はしないようにしていた。

そうしたら、また似たようなことが起こった。

目の前を女子生徒が早足で通った。

エカチェリーナの踏み出した足に、女生徒の足が引っかかった。

「あっ……！」

「きゃあっ⁉」

女子生徒が転んだ拍子に足を踏まれてしまった。

その痛みにエカチェリーナは思わずよろけ、周りのご令嬢達が慌ててエカチェリーナを支えた。

女生徒は床に転んでいた。今度は顔を見なくても誰か分かった。

「痛っ……」

膝を押さえて床に座り込んだのは、オリヴィエ＝セリエール男爵令嬢であった。

それを見た子息令嬢達も慌てた。

「大丈夫ですか、エカチェリーナ様っ？」

「足が引っかかったように見えましたが、歩けますか？」

「お怪我はございませんか？」

エカチェリーナが頷き返す。

「ええ、わたくしは大丈夫です」

そうして男爵令嬢へ手を差し出した。

「あなたも大丈夫ですか？」

男爵令嬢は差し出された手にビクリと震え、少し後退《あとずさ》った。

「あ、だ、大丈夫です……っ」

目に涙を溜めて立ち上がると逃げて行った。

それに子息令嬢達が不快そうに顔を顰《しか》めた。

「何だ、あれ?」

「エカチェリーナ様の足を引っ掛けておいて謝罪の一つもありませんでしたわね」

「それどころかまるでエカチェリーナ様が悪いかのような態度でしたね」

「自分から走ってきたのに、何様ですの?」

他にも今の様子を見ていた生徒達も騒めく。

それらにエカチェリーナは美しく一礼した。

「お騒がせしてしまい申し訳ありません。どうぞ皆様、ごゆっくりと昼食を楽しんでくださいませ」

その美しい所作に誰もが見惚れ、一瞬、水を打ったように静まり返る。

そしてまた元の穏やかな騒めきが広がった。エカチェリーナ達もそれ以上は騒ぎを起こさないように、周りの迷惑にならないように気を付けて昼食の時間を過ごした。

……本当に困った人だわ。

そんな感じの出来事が既に三度は繰り返された。エカチェリーナは全く何もしてない。

だがエカチェリーナを、クリューガー公爵家を良く思わない者達はこのような噂を立て始めた。

公爵令嬢がとある男爵令嬢を虐めているらしい。

背を押したり足を引っ掛けたりして転ばせ、男爵令嬢に恥をかかせているようだ。

男爵令嬢はその身分差故に虐めに耐えているのではないか。

根も葉もない噂である。それを聞いて、エカチェリーナよりも、エカチェリーナの周囲にいた子息令嬢達の方が怒りを覚えていた。彼ら、彼女らはエカチェリーナをよく知っている。

公爵令嬢で、気の強そうな外見をしているが、エカチェリーナは本質的には穏やかで、非常に寛容で、他者を虐げることを嫌う側の人間だ。

彼女の周囲にいる子息令嬢達には高位貴族と下位貴族、そしてよくよく見れば平民も交じっていることからしても、分かるだろう。身分で態度を変えることもなく、平民を下に見ることもない。

王太子の婚約者という立場になり、よりいっそうエカチェリーナは寛容な人間になった。

もちろん、ただ優しいだけでは王太子の婚約者は務まらないが。

しかし王太子の婚約者である。未来の王太子妃、やがては王妃となる人間の醜聞《スキャンダル》は人々の関心を引いてしまったのだった。

＊＊＊＊＊

「エカチェリーナ、大丈夫か？」

アリスティードにそう言われてエカチェリーナは頷いた。

「ええ、わたくしは大丈夫ですわ」

噂を立てているのは口さがない者達ばかりだが、これ以上は見過ごせない。

「そろそろ一度注意をするつもりです」

「そうか。……あの男爵令嬢はかなりしつこいぞ」

「存じ上げておりますわ」

アリスティードやロイドウェル以外にも『耳』や子息令嬢などから話を聞いて、あの男爵令嬢のこれまでの行いはある程度知っている。

……でもまさかわたくしに来るとは思いませんでしたわ。

しかも自分が虐められているように振る舞うなんてハッキリ言って悪手である。

貴族の中には身分差がある。

たとえば家格が上の貴族は家格が下の貴族をある程度、従わせることが出来る。

たとえば家格が上の貴族が、家格が下の貴族を虐げたり、行いを戒めさせたりしても、多少は許される。それは身分差故に存在する上下関係だ。だから法に反するものではない。

家格の低い者が、家格の高い者に刃向かう。そんなことをすれば家格の高い家から圧力がかけられたり、家格の高い家と繋がりのある他の貴族達から敬遠されたりする。

そういうこともあり、普通はしない。

だがオリヴィエ＝セリエールはそれを理解していないように思う。

……そもそもリュシエンヌ様の悪評を広めようとした時点で分かっていたことだけれど。

「気を付けろよ」

アリスティードの言葉にエカチェリーナは頷いた。

それから数日後、エカチェリーナは件の男爵令嬢を呼び出して、一対一で話をすることにした。

学院の裏庭にて待っていると男爵令嬢が現れる。

「あ、あの、何のご用でしょうか……？」

まるで肉食動物の前に差し出された小動物のように震え、一定の距離以上近付いてこない男爵令嬢にエカチェリーナは呆れと感心を覚えた。こんな人目のない場所でも続けるつもりのようだ。

「わたくしは今日、話し合いを行うために参りましたの」

「話し合い、ですか……」

俯き、手を握る姿は怯えて見える。確かに何も知らない者が見れば、エカチェリーナがこの男爵令嬢を虐めているように見えるだろう。可愛らしい見た目だが、性格はそうではない。

けれども、エカチェリーナは怯まなかった。

「何故、わたくしに虐められているふりをするのでしょうか？　わたくし、あなたと言葉を交わすのはたった数回程度しかなかったと記憶しているのですけれど」

男爵令嬢は返事をしない。

家格の上の者に話しかけられて返事をしないのは、貴族の間ではかなり失礼な行いだった。

この男爵令嬢の態度はエカチェリーナでなければ怒りを覚えたはずだ。

しかし、エカチェリーナは我慢強いほうであった。

「あなたはわたくしに虐められていると思っていらっしゃるようですが、わたくしは自らあなたに近付こうとは思っておりません。これまであなたはわたくしの前で転んだり、わたしの足に自分の足を引っ掛けたりしましたね。これは貴族として叱責を受けても仕方のないことだとお分かりですか？」

グワッと、男爵令嬢が顔を上げた。

目を見開き、怒りに満ちた顔にエカチェリーナは表情に出さなかったが驚いた。

けれどもそれは一瞬で、すぐに男爵令嬢はわっと顔を両手で覆うと泣き出した。

「ごめんなさい、ごめんなさい！　私が悪いんです！　アリスティード様に近付こうとしたのは謝りますから、どうかこれ以上酷いことをしないでください‼」

泣きながらそう言われてエカチェリーナは目を丸くした。

同時に、話の通じなさにゾッとする。全く会話が噛み合っていない。

人の声が聞こえて顔を上げれば、校舎の窓から数人の生徒がこちらを見下ろしていた。

「私はただ、王太子殿下が素晴らしい方だから一言だけでもお言葉を交わしたかっただけです！あなたから王太子殿下を奪うつもりなんてありません！」

「……セリエール男爵令嬢、わたくしは話をしたいと……」

「ひっ、ごめんなさい！　もう叩くのはやめてください！」

一歩近付いたエカチェリーナに男爵令嬢が顔を庇うように両手を上げて半歩下がる。

頭上から、ざわ、と生徒達の声がする。

ついに男爵令嬢は泣きながら地面に座り込んでしまった。

エカチェリーナはそれに困ってしまった。近付けば余計に泣かれるだろう。

だが放っておけば、何故手を貸さないのかとエカチェリーナが怪しまれる。

しかし声をかけようとすれば、貴族の子女らしくない大声でありもしないことを声高に叫ぶのだ。

「何をしている」

その声にエカチェリーナは振り返った。

いつの間にか、少し離れた場所にアリスティードが立っていた。

エカチェリーナはすぐに礼を執る。男爵令嬢はまだ泣いたままだ。

貴族が人前で感情的に泣くだけでもあまり褒められたものではないのに、その上、王太子が来ても礼を執ろうとしないなんて、無作法どころの話ではない。

アリスティードも眉を寄せたが、努めて冷静にエカチェリーナへ問いかけた。

「これは何の騒ぎだ？」

「はい、実はこちらのセリエール男爵令嬢がどうやら勘違いをなさっておられるようで、殆《ほとん》ど面識のないわたくしが、自分を虐めていると思っていらっしゃるのです」

エカチェリーナが言うと、顔を覆った手の隙間から、男爵令嬢がこちらを睨んだ。

……やっぱり泣いていたのは演技でしたのね。

「セリエール男爵令嬢よ、エカチェリーナがそなたを虐げたというのは本当か？　それが事実であるならば家名にかけて誓えるか？　もしも虚言であった場合はそなただけではなく、家にも責任を問うことになる」

「責任……？」

男爵令嬢が不思議そうに顔を上げた。

明らかに思っていたのと違う、という表情だ。

アリスティードが真顔で頷いた。

「もしも虚言であったなら、そなたは家格が上の公爵令嬢を貶《おとし》め、クリューガー公爵家に楯突いただけではなく、王家が認めた王太子の婚約者を罠にはめようとしたことも罪に問われるだろう。

……そうだな？」

振り向いたアリスティードにエカチェリーナは頷いた。

「はい、その通りでございます」

「その場合、男爵家はどうなると思う？」

「未来の王太子妃、そして王妃となる者を陥れようとしたのですから、その者の家は王家に叛意《はんい》の疑いありと判断されるでしょう。我が公爵家も冤罪を許しはしません。裁判が行われるかと」

「そうだな、王家に叛意があり、王命で決められた婚約を崩そうとしたこと、家格が上の者を貶めようとしたことはどちらも非常に重い罪となる。最悪、家は取り潰され、当人は処刑ということもありえる」

男爵令嬢の表情が強張る。王家に刃向かうようなものだと、さすがに理解出来たらしい。

自分でやっておきながら、事の重大さを今の今まで分かっていなかったと見える。

アリスティードも若干呆れた雰囲気だ。

「もう一度問う。エカチェリーナがそなたを虐げたというのは事実か？」

男爵令嬢が一瞬唇を噛み締めた。

そして震えながら口を開いた。

「いいえ、その、私の……勘違いです。……申し訳ありません……」

と男爵令嬢がエカチェリーナへ頭を下げるが、その手は強く握り締められていた。

「分かっていただけて良かったですわ」

「ああ、王家としても一つの家を断絶させ、まだ未来ある若者に刑罰を与えるのは望むところではない。この件は学院側にも伝える。恐らく騒ぎを起こした罰として数日の謹慎が与えられるだろう。以後、気を付けるように」

アリスティードの言葉に男爵令嬢が顔を上げ、俯いたまま「……はい」と返事をした。

それに満足するとアリスティードはエカチェリーナに腕を差し出した。

エカチェリーナはそこに手を添える。

アリスティードにエスコートされながらエカチェリーナは第一校舎へ戻りつつ、チラと振り返る。

俯き加減だったけれど、男爵令嬢と目が合った。新緑の瞳がギラリと睨み付けてくる。

……あれは反省していないわね。

エカチェリーナは内心で溜め息を吐いた。

＊　＊　＊　＊

「え、そんなことがあったのですか？」

学院から帰る馬車の中でお兄様が教えてくれた。

どうやら学院が始まってから、オリヴィエは行動を起こしていたらしい。

わたしは気付かなかったけれど、オリヴィエはわたしとお兄様の行動を監視するように第二校舎を見ていたそうだ。ルルもそれは分かっていたようで「確かに登下校と昼休みなんかはずっと見られてたねぇ」とのことだった。

ただ見るだけならば害はないし、お兄様もわたしも王太子と王女という立場上、目立つ。人に見られることも多いため、視線を気にしていたらやっていけないのだ。

オリヴィエは一週間ほどわたし達の様子を眺め続けた。

その後、何を考えたのか、お義姉様に標的を変更して、自ら近付いていった。

お義姉様が彼女を虐めているように見えるよう仕向け、その噂を流したそうなのだ。直接の話し合いでも喚き散らしていたらしい。

「あのままではエカチェリーナに非があると思われかねなかったから、私が割って入った」

……きっとオリヴィエは喜んだでしょうね。

「アレはずる賢い。何も知らない者が見れば、エカチェリーナが男爵令嬢を虐めているように見えただろう。エカチェリーナはあの外見から誤解されることもあるが、比較的寛容な性格だし、虐めなどという卑劣な行為は好まない。今回も一対一で話をするために呼び出したそうだ」

お義姉様の周りにはいつも人がいる。

もしも彼ら彼女らを引き連れていけば、多勢に無勢となってしまうだろう。

お義姉様はそれを避けるために一人で行ったのだ。

「私が来たことを男爵令嬢は喜んでいたみたいだが、王太子の婚約者の公爵令嬢に喧嘩を売るとどういうことになるのか説明してやったら、顔色を悪くして引き下がった。だがエカチェリーナを睨んでいた様子からして、反省はしていないと思う」

「お兄様が直々に説明を？」

「ああ、エカチェリーナの言葉では聞かなさそうだったし、エカチェリーナが言った場合は脅しと取られることもあるからな」

なるほど、と納得した。

……まあでも、普通はまさか男爵令嬢が公爵令嬢に喧嘩を売るとは思わないよね。

貴族は身分に厳しい。今の風潮で多少は寛容になっているけれど、だからといって何でも許されるとは限らない。基本的には上の身分の者のほうが立場が強い。

もしも相手がお義姉様でなく、他の貴族のご令嬢であったなら、オリヴィエを含むセリエール男爵家は即座にやり返されて男爵家共々、大変な目に遭っていただろう。

「お義姉様は大丈夫ですか？　男爵令嬢に陥れられそうになって、さぞ驚いたことでしょう……」

オリヴィエと話して、罠にはめられかけて、お義姉様がつらい思いをしていないか心配だ。

「それは問題なさそうだ。本人も『以前よりも話が通じなくて驚いたけれど、これくらいで傷つくほど自分は繊細でもない』と胸を張っていた」

お兄様が思い出し笑いを浮かべたので、きっと、お義姉様は堂々としていたに違いない。

お義姉様のその、芯の強い部分が素敵だなと思う。

「でも、お兄様、もしよろしければ、しばらくの間はお義姉様のおそばにいて差し上げてください。また男爵令嬢が絡んできたら心配です。それに本人が気付かなくても、傷ついているということもありますから」

お兄様がそばにいれば、お義姉様もきっと心強いはずだ。

「そうだな、しばらく昼休みはエカチェリーナのほうについていよう」

「ええ、是非そうしてください。お兄様がお義姉様の傍にいてくだされば心強いです」

「その間、リュシエンヌは自分用の休憩室でルフェーヴルと昼食を摂ってくれるか？　何ならこちらに来ても構わないが……」

思わず苦笑してしまった。

「いえ、わたしまで行くと目立ちすぎてしまうので、休憩室でルルと過ごすことにします」

それに、わたし抜きで過ごす時間をつくるべきだ。

前から思っていたが、お兄様もお義姉様も、わたしがいると、わたしを挟んでのやり取りが多いのだ。一緒に過ごせるのは嬉しいが、婚約者同士なのだから二人の時間も大切にしてほしい。

……わたしもそろそろ家族離れしないとね。

この間の旅行でそれを実感した。

わたしの世界の中心はルルで、ルルがいれば十分だけど、お兄様やお父様もわたしの世界にいて。

たった数日なのに不安や寂しさが募った。

でも、今後を考えると離れることに慣れていく必要がある。

「そうか、分かった」

お兄様はすんなり引いてくれた。

わたしとルルが婚姻して、お兄様にも変化があった。

相変わらずわたしを大事にしてくるし、妹として非常に可愛がってくれるけれど、以前よりも少しそれの度合いが落ち着いたというか、こんなふうにあっさり引いてくれることが増えた。

何というか、そう、以前は横でルルと一緒に過保護なくらい守ってくれていたのが、今は少し離れて見守ってくれるようになった。わたしとルルの時間を尊重してくれている。

「しかし、何故急にエカチェリーナに喧嘩なんて売ろうとしたのか……」

お兄様が不可解そうに眉を寄せる。

「恐らく男爵令嬢はわたしではなくお義姉様を悪役にしようとしたのではないでしょうか？　あの『夢』では、男爵令嬢を虐めていたのはわたしでしたが、わたしが虐めないから、お義姉様を悪役に置き換えようとしたのかもしれません」

「その可能性はあるな。……だとすると、ロイドやアンリの婚約者達にも注意を促しておいた方が良いかもしれない。一応格上の家の者に喧嘩を売ればどうなるか説明したが、本当に理解しているか怪しいな。今回の件でクリューガー公爵が黙っているとも思えん」

……うーん、理解してないかもなあ。

それと、オーリから手紙が来ないのが気になるところだ。

やはり両親との問題で精神的に負担がかかってしまったのかもしれない。

オーリもオリヴィエも、精神的に疲弊するともう片方に主導権が移るようなので、今はオリヴィエに完全に主導権があるのだろう。

……父親も母親も自分の話を聞いてくれないなんて、子供だったらとても傷つく。

しかもオーリは覚悟を決めていたはずだ。

それなのに話を聞くどころか、父親には怒鳴られ、母親には平手で頬を打たれたのだ。

その時のオーリの気持ちを思うと悲しくなる。

「もっと魔法を勉強して、あの魔法を一日でも早く完成させます」

そしてオーリを助けなければ。

意気込むわたしにお兄様も「頑張れ」と言ってくれた。

それまで黙っていたルルが「オレも手伝うよぉ」と手を握ってくれたので、握り返す。

……負けないで、オーリ。

それと、わたしはお義姉様を悪役に仕立てあげようとしたことにも怒っていた。

もし原作のリュシエンヌが辿るはずだった道をお義姉様に歩ませようとしたのなら、リュシエンヌがどんな末路を辿るか彼女だって知っていたはずだ。大切なお義姉様に、あんな酷い未来を押し付けようとしたオリヴィエに腹が立つ。

わたしに手を出すなら構わないが、周りの人を巻き込むのは許せない。

……オリヴィエの思い通りになんてさせない。

「対抗祭が終わったら、オリヴィエ＝セリエールに接触してみます」

「それは……」

「もしわたしを悪役に仕立てあげようとしたら、今度こそ、彼女を罪に問えますから」

……その時は、容赦しない。

＊　＊　＊　＊

オリヴィエは帰りの馬車の中で考える。

今回の計画は失敗したが、それでも構わなかった。

何故ならアリスティードを引っ張り出すことに成功したからだ。

縁を繋ぐことは出来なくても、アリスティードの周囲の人間をつつけば、彼が出てくる。

「今度はリュシエンヌにすればいいのよ」

今回、オリヴィエの『虐められっ子作戦』がそれなりに通じることが分かった。

ただ、少々焦りすぎてしまったのが悪かった。

もっと噂が広まってから騒ぎを起こしたほうが効果的だっただろう。

学院の卒業パーティーまではまだ半年ある。

その間に、今度はリュシエンヌに虐められる可哀想なオリヴィエになればいい。

「理由は……そうね、わたしの勘違いを根に持ったアリスティードの婚約者がリュシエンヌにわたしの悪口を吹き込んで、それを信じたリュシエンヌにわたしが虐められるっていうのはどうかしら？」

今回の失敗もこれなら役に立つ。アリスティードの婚約者との間に確執があったほうが、より虐められる理由に真実味が出るかもしれない。

原作でもリュシエンヌは攻略対象の婚約者達と共にヒロインを虐めていた。

噂で聞くところによると、この世界のリュシエンヌも攻略対象の婚約者達と仲が良いらしい。

……もしかしたら本当に虐めてくるかも？

それならオリヴィエにとっては都合が良い。

「あの女だけは絶対にバッドエンドにしなくちゃ」

そうしなければ愛する彼は手に入らない。

その姿を思い浮かべながら、オリヴィエは帰路に就いた。

抗議と罰、そして決意

セリエール男爵家に一通の手紙が届いた。

それはクリューガー公爵家からの正式な抗議文であった。

何も知らない男爵は、公爵家より送られてきた突然の手紙に驚き、そこに書かれている内容に更に驚き、娘に強い怒りを覚えた。

手紙の内容はオリヴィエの行いについてだ。

なんと、公爵家の令嬢に対して無礼な振る舞いをしたというのだ。

自ら近付き目の前でわざと転んだり、カフェテリアで足を引っ掛けて転んだり、何もしていない令嬢に対して怯えた態度を取った。

それにより公爵令嬢がオリヴィエを虐めているのではないかという噂が立ち始めたため、令嬢がオリヴィエに注意をしようとしたこと。

しかしオリヴィエはまともに取り合おうとせず、それどころかまるで虐められているかのように泣き喚き、大声で騒ぎ出し、生徒達の注目を集めてしまったこと。

幸い王太子殿下が割って入ったことで大事にはならなかったようだ。

だがこれについて、男爵家はどのようにお考えか。また娘をどのように教育しているのか。

そういった言葉が綴られていた。

夏季休暇を終えてまだ一月しか経っていないのに、その間にもう問題を起こしたのだ。

クリューガー公爵家のご令嬢と言えば、王太子の婚約者でもある。

未来の王太子妃であり、いずれ王妃となる人物を陥れようとした。

セリエール男爵は妻を呼び、手紙を読ませ、夫人も事の重大さを理解すると顔を青くした。

貴族社会は身分が絶対的なものだ。男爵家が公爵家に楯突いて無事でいられるはずがない。

オリヴィエが学院から帰宅すると即座に書斎へ呼び出した。

「オリヴィエ、これはどういうことだ！」

帰宅したばかりのオリヴィエは父親に怒鳴りつけられて、訳が分からないといった顔をする。

父親から押し付けられた手紙を読んだオリヴィエは眉を寄せ、逆に怒る始末であった。

「何よ、これ！」

あろうことか公爵家からの手紙を床へ投げつけた。

夫人が慌ててそれを拾った。

自分の行いがどんな影響を及ぼすのか理解していないことは一目瞭然であった。

「何ってお前がしたことだろう！」

「公爵令嬢に虐められたふりをしたというのは本当なの？　オリヴィエ！」

両親に詰め寄られてもオリヴィエは不愉快そうに顔を顰めたまま、首を振った。

「違うわ、勘違いしただけよ！　それなのに私は大勢の前で謝罪させられたのよ？　貴族の私が頭を下げさせられるなんて酷いと――……」

「当たり前だ!!　この愚か者!!」

全く悪びれた様子がなく、それどころか公爵令嬢のほうが悪いとでも言うふうな態度に、さすがの男爵も怒りが頂点に達した。

「我々は貴族と言っても男爵家。貴族としては下だ！　そして公爵家は貴族としては最高位、それも王太子殿下の婚約者とその家となれば格が違うのだ!!　クリューガー公爵家に顔を背けられたら社交界どころか貴族としてもやっていけないんだぞ!?　それが何故分からない!!」

男爵家とは言っても、娘には十分な教育を受けさせてきたつもりだった。

それなのに欠片も分かっていない。

前回、王女殿下の悪評を広めようとしたことだって、周りの令嬢や夫人達が止めていなければ今頃どうなっていたことか。それでも、既に縁を切られた家もいくつかある。

だがオリヴィエの今回のことは隠せない。

手紙の通りであれば衆人環視の中で公爵令嬢を陥れようとしたのだから。

「お前は今日より一週間、自室で謹慎を言い渡す！　……明日、公爵家に謝罪に行くが、向こうの判断によっては本当に修道院へ入れることも検討する」

「そんな!?　私は謝ったのに!!」

「お前の謝罪程度で済む話ではない！　もういい、お前は部屋で謹慎していろ!!」

使用人が呼ばれて書斎から娘を追い出した。

男爵は深く息を吐きながら椅子に腰掛け、何が悪かったのかと考えた。

一人娘だからと甘やかしすぎた。最近では部屋の物を破壊したり、使用人に酷い怪我を負わせたり、以前よりも我が儘や癇癪《かんしゃく》が悪化している。

「あなた……」

「一人にしてくれ」

今は妻を気遣う余裕もない。妻は頷くと静かに書斎を出て行った。

同じ平民でも妻はよくやってくれているし、貴族がどのようなものかも理解している。

……それなのにオリヴィエは……。

公爵家が望めば修道院へ入れるしかない。

そうなればセリエール男爵家から修道院行きの娘が出たと社交界の話題に上るだろう。

大恥どころではないが、そうなった時は公爵家に従う他ない。

男爵はまた大きな溜め息を吐く。

……慰謝料も用意しなければ。

金で解決と思われるかもしれないが、誠意を表すためにも金は重要だ。

公爵家からすれば微々たる額だろう。それでも何も持たずに行くことは出来ない。

……あの様子ではオリヴィエは連れて行けん。

本来であればオリヴィエも共に行き、謝罪しなければならない。

だがあの様子を公爵家に見せるわけにもいかない。

「どうして、こうなってしまったんだ……」

男爵は頭を抱えて呟いた。

＊　＊　＊　＊　＊

父親に呼び出されて行くと怒鳴りつけられた。

一体何だと思っていれば、アリスティードの婚約者の家から手紙が届いたようだ。

それは今日の出来事についてで、簡単に言えば、オリヴィエのせいで娘の良くない噂が立ったこと、勘違いして騒ぎ立てたことへの謝罪を要求するものだった。

「最っ低な女ね！　私は謝ったじゃない！」

あんな大勢の前で頭を下げさせられた。

向こうはアリスティードを味方につけているようで、ヒロインの自分にアリスティードは全く目を向けてくれなかった。それどころかアリスティードにエスコートされて、その場を離れていった。

エカチェリーナ＝クリューガー。原作では名前すら出てこない脇役のくせに。

きっと父親の公爵にオリヴィエが謝罪をしたことを伝えなかったに違いない。

なんて性格が悪い、と思う。そんな女と仲の良いリュシエンヌも、同じように性悪なのだろう。

人前では上手く隠しているみたいだが、絶対に化けの皮を剥がしてやる。

「それにしてもまた謹慎？　学院はどうするのよ？」

オリヴィエは謹慎に飽きつつあった。

不便さはないが、外に出られないというのは思いの外つらい。

……ルフェーヴル様と一緒なら別だけど。

オリヴィエは小さく息を吐いた。

それから一週間、オリヴィエは自宅謹慎となった。

クリューガー公爵家とセリエール男爵家との話し合いの末、学院側からの罰もあり、一週間の自宅謹慎中にオリヴィエを再教育させるということで纏まったのである。

これでも問題を起こすようであれば修道院へ入れるとまで男爵が言ったため、クリューガー公爵もそれならと頷いた。

貴族の令嬢にとって修道院送りというのは死刑宣告に等しい。

華やかな社交界からも、贅沢な暮らしからも引き離されて、身の回りのことも全て自ら行わなければならなくなる。当然、結婚など出来るはずもない。

一生質素な暮らしをしながら修道院で過ごすというのは、貴族の女性にとっては恐ろしいことだ。

それが嫌ならば問題を起こすなという警告である。

＊　＊　＊　＊　＊

「ってことらしいよぉ？」

夜、ベッドの中で横になりながらルルがオリヴィエについて教えてくれた。

男爵令嬢が公爵令嬢に喧嘩を売ればどうなるか。

クリューガー公爵とお義姉様に、男爵はさぞや感謝したことだろう。

許されなければ他の貴族から遠巻きにされる。貴族社会において地位の上の者の意向というのは絶対で、上の者に顔を背けられたら社交界では生きていけない。

「じゃあオリヴィエは学院を休むの？」

「だろうねぇ。対抗祭で授業もないしぃ、授業のない対抗祭期間の一週間でみっちり淑女教育のやり直しをさせられるんじゃないのぉ？」

そう言いながらもルルの顔は微妙そうだ。

……うーん。

「ただオレとしては、それで性格が良くなるとは思えないけどねぇ。むしろもっと悪くなりそ〜。しかも今度はリュシーを狙うとか馬鹿だよねぇ？」

わたしの考えをルルが代弁してくれた。

オリヴィエのこれまでの言動を思うと、一週間の謹慎で無理やり勉強させられて、それをお義姉様かわたしのせいにして余計に苛立っていそうだ。基本的にオリヴィエは自分本位である。

それだけは今までの報告書から分かる。

……思考回路が独特だよね。

とにかく自分の都合のいいふうにしか考えていないというのは確かだし、自分以外の人間を恐らく、自分と同じ人間と思っていないだろう。

だからレアンドルを利用して、お兄様達から嫌がられているのにも気付けない。

自分の都合のいいことしか見てない。理解しようともしない。

……でもそれがオリヴィエの敗因。

オリヴィエは気付いているのだろうか。

その自分本位さこそ、原作の悪役、リュシエンヌの性格に近いものだということに。

ただしオリヴィエには原作のリュシエンヌほど情状酌量の余地はない。

「ねぇ、本当にあんなのと話してみるつもりぃ？　絶対、話通じないよぉ？」

「そうかもね。だけど、それは多分、自分以外の人間は脇役と思ってるからじゃないかな」

ゲームの世界だからヒロインの自分が世界の中心で、それ以外の人間は背景、または脇役。

そう考えているから他者を思いやることがない。

言うなれば、オリヴィエにとって自分以外の人間はただのキャラクターに過ぎないのだ。

もしかしたらルルのこともそう思っているのかも。

だって結婚しているのに、まだ狙うなんてどうかしている。

今のオリヴィエは新婚夫婦の仲を壊して夫を奪おうとしている悪女そのものである。

ルルが顔を顰める。

「なぁんか不愉快」

「自分以外の人間が、考えて、感じて、自分の意思で生きていることを否定してるからね」

「そもそもアレの好きなルフェーヴルってゲームの中のでしょぉ？　リュシーのそばにいる時点で違うルフェーヴルだと思わないのかなぁ？」

「そこはほら、わたしのせいだと考えてるんだよ」

向こうもわたしが転生者だと気付いている。

わたしが前世の記憶を持ち、それを使って原作から外れたストーリーを生み出している。

そう考えているのだろう。あながち間違いでもないが。

「それでアレとは何の話をするのぉ？」

ルルの問いに返す。

「ルルとお兄様達攻略対象についてとか、わたし達を含めてみんなに近付くのはやめたほうがいいってこととか、わたしはルルを渡さないからこれ以上何かすると身を滅ぼすよって警告もね」

お義姉様を悪役に仕立てようとして失敗している。公爵家から正式な抗議文まで送られて、このことはあっという間に貴族達の間で広まったことだろう。普通なら羞恥心と屈辱で諦める。

でもオリヴィエは諦めないらしい。

ある意味では彼女もわたしも似た者同士だ。

ルフェーヴル＝ニコルソンに執着している。

ただし彼女が執着しているのがゲームのルフェーヴルで、わたしは現実のルルだ。

そしてルルはどうやら『ゲームのルフェーヴル』と同一視されるのが嫌らしい。

……まあ、それもそうだよね。

物語の中に自分と同じ人物がいて、その人物と同一視して勝手に想像して勝手に執着されて。

それって現実のルルの意思は無視している。誰だって『自分』を無視されて喜ぶはずがない。

「リュシーの話を聞くとは思えないけどねぇ」

「うん、それでいいの」

「それでいい？」

「お義姉様の件もあって反省する機会はいくらでもあった。でもオリヴィエはそうしなかった。もう静観する期間は過ぎたよ」

オリヴィエと接触するのもそれが理由だ。

これまではオーリのこともあるから見逃したが、今回オリヴィエはお義姉様に手を出した。

これ以上、わたしの大事な人に迷惑をかけるのは許さないし、わたしもさすがに怒っている。

ルルに思いを寄せるのはいい。それだけならばわたしは見て見ぬふりした。

だが結婚したと聞いても諦める様子がない。

……ルルはもう、わたしのルルだ。

夫を奪われそうになったら妻が怒るのは当然だ。

しかし、わたしから理不尽な罰は与えられない。

それなら向こうにやらかしてもらう。

「わたし自身を餌にすれば絶対に食いついてくる」

そして王女を敵に回すというのが、王族に刃向かうのがどういうことになるのか。

思い知らせるべきなのだ。

オリヴィエの身柄を確保出来れば、魔法が完成し次第、すぐに封印を施せる。

男爵家の状況を見る限り、男爵はオリヴィエを少々疎ましく思い始めているようだ。

オリヴィエが王女《わたし》に手を出せば今度こそ、男爵から切られるだろう。

……オーリには可哀想だけど……。

魔法でオリヴィエを封じたら、王都から離れた場所で生きてもらうことになる。

オリヴィエが色々とやらかしているから王都には居づらいと思うし。

お兄様がこっそり教えてくれたけれど、レアンドルを聖騎士に迎え入れてくれないかと教会に打診してみたそうだ。

わたしの洗礼を担当してくれた大司祭様は本人にその意思があれば受け入れると約束してくれたらしい。

オリヴィエを封じることが出来て、もしもレアンドルとオーリがまだお互いを好いているのであれば、どこか別の地で共にやり直す未来があっても良いのではないか。

表向き、オリヴィエ＝セリエールは貴族籍の抹消と王都からの追放という罰を与えて、実際は平民のオーリとなって地方に移り住む。そういう手もある。

……これはお父様とお兄様の案だけれど。

わたしが何とかオーリを救えないかと訊いた時、二人が考えてくれたのだ。

表向きは罰して、実際は逃す。そういうやり方もあると教えてくれた。

わたしはオーリが罰されないようにとそればかり考えていたけれど、あえて罰することで表面上は罪を贖《あがな》わせ、周囲の人間を納得させる。

「本当はオーリの許可を得たかったけど……」

わたしのこの考えも自分本位だろう。

「まあ、怒りはしないんじゃなぁい？　どうせ王都にいても居場所がないだろうしぃ、地方で暮らすほうがいいと思うよぉ」

背中を後押しするようにルルがそう言ってくれる。

「ありがとう、ルル」

それがわたしを気遣う言葉だと分かった。

ルルはわたしの考えを否定しない。わたしのしたいようにさせてくれるのだろう。

「あ、話し合いの場にはオレも行くからねぇ？」

その言葉に思わず笑ってしまった。

「スキルを使って？」

「スキルを使って」

オリヴィエはスキルを使用したルルを見つけることが出来るだろうか。

……もし出来たとしてもルルは嫌がるだろうなあ。

でも見つけてほしくない。ルルを見つけられるのはわたしだけでいい。

「ルルがそばにいてくれるなら安心だよ」

たとえ見つけても渡さない。そしてオリヴィエも許さない。

あなたが罠を使うなら、わたしも罠を張ろう。

これでもわたしは悪役《リュシエンヌ》なのだ。

対抗祭

ついに今日から対抗祭が始まる。

対抗祭の間は授業がなく、出場しない生徒達は対抗祭を観戦する側となる。

登校すると教室にはクラスメート達もいて、アイラ先生が対抗祭の説明をしてくれた。

「いよいよ今日から対抗祭が始まります。皆さんは既に二度経験しているので知っているとは思いますが、改めて説明します」

対抗祭は各学年の上位十名が魔法の腕を競い合い、勝ち抜き戦で順位が決まる大会だ。

試合は学院敷地内にある専用の闘技場があり、そこで行われる。

対抗祭は主に魔法の技術を競う。闘技場を二分し、互いの敷地に的を複数設置する。生徒は互いに己の陣地の的を守りつつ、相手の的を破壊していき、時間内により多く相手の的を破壊するか全壊させた方が勝者となる。

これは同時に二つ以上の魔法を使用するという、なかなかに難易度の高い戦いだ。

ちなみに全学年混合で、授業でまだ習っていない魔法でも、習得しているものなら使用が可能である。安全のために、闘技場全体を覆う結界魔法を付与された魔道具が使用される。観客席までは魔法が届かないよう保護されているそうだ。

「アイラ先生、質問があります」

「ええ、どうぞ」

「もしも誤って高威力の魔法が対戦相手に当たった場合、危険ではないでしょうか？」

わたしの質問にアイラ先生が頷いた。

「そうですね、そういうこともあるでしょう。そのために、もう二つ魔道具が使用されます」

二つ目の魔道具は最初の結界魔法を付与されたものと同じだが、範囲が狭く、その分強固な結界魔法を張れる魔道具らしい。

そんな魔道具の結界魔法が破壊されるほど威力のある魔法を発動させようとした時点で失格となるが、もし魔法が展開してしまった場合は三つ目の魔道具が発動し、規定以上の魔力量を使用する危険度の高い魔法を強制的にキャンセルさせる効果がある。こちらも結界魔法の応用らしい。

過去に高威力の魔法を展開させようとした生徒もいたが、あまりに悪質だと判断された場合は謹慎や退学処分もありえるそうだ。だから大抵の生徒はそのようなことはしない。

「ただ一年生の中には自分の力を過信して大きな魔法を使用したがる生徒もいます。全学年上位十名、今回は王女殿下を除外した上位十名がこのクラスから参加します」

わたしは魔力がなくて魔法を扱えないため、一名繰り上がっての開催となる。

対抗祭ではわたしは見学側だ。

お兄様とロイド様、ミランダ様も参加する。恐らく、お義姉様とアンリもそうだろう。

一年生のアンリ＝ロチエ公爵令息も攻略対象の一人だが、それほど関わりはない。

「それから今年も剣武会を催します。こちらは最も実戦に近い対人戦ですね。対抗祭を終えた後、剣の実技能力が高い者達が選出されて各学年から五人ずつ出ます」

対抗祭に出た者が剣武会でも選ばれることがあるそうだ。

「三年生からは王太子殿下、ボードウィン侯爵令嬢、アルヴァーラ侯爵令嬢、ウィニングラン伯爵子息、ハボット騎士爵のご子息が出場予定です」

……え、ミランダ様、剣武会も出るの？

思わず振り向けば、ミランダ様がニコリと微笑んだ。

ミランダ様は女性騎士になりたいと以前言っていたので、剣の腕も鍛えているのだろう。

そして剣武会で選ばれるくらいには腕が立つということか。

対抗祭も剣武会もかなり見ものになりそうだ。

「お兄様、ロイド様、ミランダ様、がんばってくださいね」

「ああ、ありがとう、リュシエンヌ」

「ありがとう、頑張るよ」

「ありがとうございます、リュシエンヌ様」

わたしの言葉に三人が朗らかに笑う。

三年生は他の学年よりも早めに説明が終わったので、闘技場へ移動する。

「対抗祭、お兄様がロイド様やミランダ様、お義姉様と当たる可能性はあるのですよね？」

歩きながらお兄様へ問いかける。

「ああ、ある。くじ運次第だが」

「そうなるとそれぞれ魔法の相性が難しいですね」

「そうでもないさ。得意な属性は確かにあるが、それ以外を使ってはならないという決まりもない」

お兄様が口角を引き上げる。

「何か作戦があるのですか？」

「まあな、だがそれは私の試合当日までの秘密だ」

残念だが、それなら仕方がない。

でも秘密のほうが当日楽しめるのは確かである。

……そういえば、ここ一月ほどお兄様はルルと鍛錬をしていたらしい。

一月前、お兄様にルルを借りたいと声をかけられた。

ルルは魔法も剣の腕もかなり立つ。いまだにお兄様も王城の騎士達も勝てたためしがなく、婚姻した日に女神様から祝福を得て魔力も身体能力も上がったそうなので、更に強くなっているはず。

そんなルルを相手にずっと訓練を行っていたのだ。きっととても強くなっているだろう。

この一月でお兄様がどこまで強くなったのか。

そしてみんながどのように戦うのか。きっと色々な魔法を見られるだろう。

「対抗祭、楽しみです」

＊　＊　＊　＊　＊

学院の建物を出て、闘技場へ移動し、それなりに見やすそうな観客席に座る。

対戦相手は当日にくじ引きで決定し、勝ち抜き戦で進んでいく方式らしい。

わたしの隣にお兄様、お兄様の向こう側にロイド様が座っている。左隣にはルルだ。

闘技場は元の世界でたとえるならば、コロッセオがイメージに近いかもしれない。建物の中央に円形状の戦う場所があり、その周囲を上から見下ろすような形で観客席が囲んでいる。

全学年が揃うと、眼下ではくじ引きが行なわれ、着々とトーナメント表に名前が書かれていく。

何故、学年十位に入るお兄様とロイド様だけがくじも引かずに観客席にいるのか。

それはこの勝ち抜き戦の内容による。

まず各学年の十位以内が揃う。

そこに、前回の対抗祭で上位一位と二位がいた場合、その二人は前戦を免除される。

そしてその他の二十八名が残り二名となるまで勝ち抜き戦が行われ、その勝ち進んだ二名が前対抗祭の一位と二位とそれぞれ当たることとなる。

お兄様とロイド様は本来ならば六回勝ち抜かなければ優勝出来ないところを、四回戦まで免除されるという高待遇なのだ。そして最後に残った二名で決勝戦だ。

それから、上位五名の生徒には五回の魔法実技授業の免除が認められる。

つまり、魔法実技の授業を望んだ時に五回まで受けなくても、受けた扱いにしてもらえるのだ。

たとえば既に習得済みの魔法を学ぶ時、または用事でどうしても出席出来ない時に、これを使うと補習を受けなくて良くなるのだ。

ちなみに一位、二位、同率三位の二名、そして四回戦まで勝ち残った二名には得点が与えられる。

一位なら四点、二位なら三点、三位なら二点、四回戦まで残った二名に一点。

三年間で六点以上獲得すると宮廷魔法士団に入る資格を確実に得られ、四点以上だと入団のお誘いがかかる仕組みらしい。

「お兄様とロイド様は去年と一昨年は何位でした？」

試しに訊いてみる。

「去年も一昨年も一位だな」

「僕は一年の時は三位で、二年の時は二位だったよ。一年の時の対抗祭は当時の三年生に負けてしまって。それが悔しくて二年の対抗祭までに魔法について凄く勉強したよ。まぁ、でもその時にはもう先輩は卒業してしまっていなかったけどね」

「だからお二人とも五回戦までお休みなんですね」

「そういうことだ」

一年からお兄様が不動の一位なのが凄い。

きっとお兄様が一年生の時にも、優秀な二年生や三年生の先輩達がいたはずだ。

その人達と競い、勝ち上がったのだろう。

思わず二人を尊敬の眼差しで見る。

この対抗祭は魔法技術を競うものだ。

闘技場を半分に区分けし、そこにそれぞれ同数の的が立てられ、対戦者同士は台の上に立ち、一メートル半ほど高くなった場所で互いに向き合う。魔法で自分の的を守りつつ、相手の的を破壊しなければならない。制限時間はたったの十分。

その間に相手の的を多く破壊、もしくは全壊させたほうの勝ちだ。

魔法を同時に扱うには繊細な魔力制御が必要だろう。

きちんと魔力を制御し切れないと魔法の効果が消えてしまうため、並大抵の集中力では行えない。

けれども、さすが学年上位十名である。対抗祭が始まったので、見ていると、どの生徒も当たり前に魔法を二つ以上駆使して互いの的を壊しつつ自分の的を守っている。

「……凄いですね」

魔法を使えないわたしからしたら、驚くべき光景だ。

「そうか？　貴族は大抵子供の頃から魔法を習うから、殆どの者は最低でも二つの魔法を同時展開出来るぞ？」

「そうだね、よほど魔力量が少ないか、魔法の才がない者でなければ複数展開は出来ると思うよ」

……それは知らなかった。

基本的に魔法実技では一つずつ魔法を習う。

だからてっきり魔法を複数展開出来る人は限られているとばかり考えていた。

……でもそうだよね、一つしか魔法を展開出来なかったら実用的じゃない。

一日かけて一回戦が行われる。

二日目は二回戦、三日目は三回戦と四回戦、四日目は五回戦と決勝戦。

三日目からは日に二回対戦することになるので考えながら戦わなければならない。

五日目以降は剣武会らしい。

そして何回目かの一回戦の後、お義姉様と他の生徒との戦いの番が回って来た。

お義姉様が位置に就くと歓声が一層大きくなる。

「さて、去年からどれだけ腕を上げたか……」

お兄様が言う。

「お義姉様は、去年はどこまで勝ち進みました？」

「四回戦までは健闘した。去年いた三年生に結界魔法が非常に上手い者がいて、私もロイドもあの先輩には手こずった」

「出来れば二度は戦いたくない相手だったね」

「ああ、全くだ」

よほど結界魔法が得意な先輩だったのだろう。

お兄様もロイド様も珍しくげんなりした顔をしていた。

お義姉様と対戦相手が配置に就くと、二分された闘技場にそれぞれ同数の的が出現する。

これまでを見るに、あの的は修復の魔法がかかっているようだ。

ただし自動ではなくて、対戦が終わる度に、教師が魔法を発動させて的を修復させている。

互いの陣地に的は十三ある。お義姉様の立っている方向から相手に向かって、的の数がボーリングのピンのように一個、三個、四個、五個と立ち、全部で十三の的を守りながら、相手の陣地の十三の的を攻撃する。

審判の教師がそれぞれを見て、位置に就いたことを確認する。

そしてお義姉様と対戦相手が頷いた。

その後、審判の教師が笛を吹いた。

ピィーッという高く鋭い音にお義姉様と対戦相手がほぼ同時に詠唱を行う。

どちらもかなり詠唱が速い。

だが、魔法の展開はお義姉様のほうが速かった。お義姉様の陣地に淡い緑色の幕が張る。

あれは恐らく結界魔法だ。それを把握した瞬間に眩しい光が辺りを照らし出す。

あまりの眩しさに思わず目を閉じてしまった。

そして次に目を開けた時には、対戦相手の的は全て燃え上がっていた。

試合終了の笛が鳴る。

「初戦から目眩しか。考えたな」

「去年の力業はやめたみたいだね」

まだチカチカする目を瞬かせながらも、段々と状況が把握出来てきた。

お義姉様はまず、最初の詠唱で結界魔法を展開し、続けざまに光魔法の基本である光球を生み出す魔法・ライトを一瞬だけ魔力量を増やして発動させた。フラッシュとして使用したのだ。

そして相手の目が眩んでいる隙に、更に火魔法を用いて的を全て燃やしたのである。

「ルル、お義姉様、何の魔法使ってた?」

こっそり問うと教えてくれた。

「ファイアウォールでしたよ」

「え、ファイアウォールってあの？」

「ええ、ライトで相手の目を眩ませ、魔力制御が乱れた隙に、縦ではなく横向きに、相手の陣地を上から覆うように魔法を展開させて一撃で全ての的を燃やしました」

……おお、瞬殺……。

対戦相手の生徒ががっくりと肩を落とす。一分どころか、数秒で勝敗が決した。

これだけでもお義姉様の実力が窺える。結界魔法以外はどちらもそこまで難しい魔法ではなく、三年生ならば前期でファイアウォールは習う。お義姉様は既に習得済みだったようだが。

お義姉様は縦ロールを軽く払い、颯爽とお立ち台のような場所から下りていく。

「前回もこんな感じでした?」

お兄様に問う。

「ああ、まあ前回もそれなりに高威力の魔法で力業というふうで、試合にかける時間は短かった」

「公爵令嬢となれば魔力量もかなりあるだろうからね。ある程度は力業で通用していたけど、三回戦辺りからは苦戦していたよ」

「去年、一昨年といい、先輩達は技術面で優れた者が多かったし、エカチェリーナも力に頼りすぎたのが敗因だと理解していたのだろう」

対戦者二人が台から下りると、教師達が壊れた的を修復していく。

その間に別の生徒達が台へ上がっている。戦いが拮抗することもあるけれど、やはり一年から三年の上位十名のうち二十八名となると、一個人の実力はそれぞれ結構差があるらしい。

一回戦は思いの外スムーズに流れていく。

戦い方も人それぞれで、お義姉様のように一撃で破壊しようとする者もいれば、的を一つずつ着実に壊していく者もいる。実力が拮抗すると、なかなかに見ものである。

その場合は魔力量と魔力制御の上手さが物を言う。

中には相手が魔力を使いすぎて疲弊するまで防戦一方の者もいた。

そうこうしているうちに、今度はミランダ様の番が訪れた。

台へ上がり、準備が整うと笛が鳴る。

ミランダ様と対戦者が詠唱を口にする。

ほぼ同時に両者の陣地に結界魔法が展開し、ミランダ様の陣地にトルネードが吹き荒れる。

だが結界魔法に阻まれて的を破壊するまではいかない。

ミランダ様は相手の陣地へ盛大に水魔法で巨大なウォーターボールをいくつも投げつけている。

そちらも結界魔法に阻まれて的には当たらない。

「ウォーターボール？」

「何で初級魔法なんて……」

ざわ、と観客の生徒達がざわめく。

このまま戦いが拮抗するかと思いかけた時、ミランダ様が別の魔法を詠唱し、対戦相手へ手を翳《かざ》す。すると対戦相手の陣地の地面が波打ち、泥状になって、立っていた的がバタバタと倒れていった。残った的もかなり傾いている。

慌てて対戦相手が魔法で対抗しようとするが、そのせいか結界魔法の色味が薄くなる。

それを見逃さなかったミランダ様が土魔法でランスを複数生み出し、容赦なく撃ち込んでいく。

魔力制御の乱れた結界魔法は複数の土の槍に耐え切れずに砕け、槍が傾いた的を的確に破壊していった。試合終了を告げる笛が響き渡る。

「土台を崩して的を倒すなんて面白いですね」

最初のウォーターボールは地面に水を撒くためのものだったのだろう。

この対抗祭では、殆どの者が的への攻撃を防ぐために結界魔法を使用しているが、攻撃を防ごうとするあまり、的の刺さる足元への注意が疎かになっていた。

そこをミランダ様は狙ったのだ。

当のミランダ様は扇子を広げてうふふと楽しげに笑っている。

お義姉様もミランダ様も面白い戦い方で一回戦を無事勝ち抜いていった。

「足元を泥状態にするって、これが対人戦だったら苦戦するだろうね」

ロイド様が言う。

足元が泥で動き難《にく》く、近付くだけでも苦労する。しかし離れた場所から魔法を放っても、ミランダ様の強固な結界魔法に阻まれて傷つけることは叶わない。

……ミランダ様、魔力制御が凄く上手いんだよね。

魔法実技の授業でもすぐに魔法を習得してしまえるし、魔法の効果を持続させるのが得意なのだ。

他の魔法を駆使していても、結界魔法には揺らぎ一つないのだから驚きだ。

「ミランダ嬢は年々強くなっているな。それにしても、今回はあまり派手な魔法を使う者はいないようだが」

「そういえばそうだね」

二人の言葉に首を傾げてしまう。

「そんなに去年や一昨年は派手だったんですか?」

それはそれで見てみたい気もする。

「対抗祭は自分の力を誇示出来る場所でもあるからな。派手で威力のある魔法を使う者が前回までは多かった」

「今回もそういう者もいるけど、エカチェリーナ様といいミランダといい、あえて誰にでも使える魔法を駆使している辺りが面白いね」

「まさしく技術で勝負といったところか」

でもお義姉様もミランダ様も派手さはないけれど、目立つ戦い方ではあった。

お義姉様のライトをフラッシュにする使い方も。

水を含ませた地面を練って泥にしたミランダ様も。

「技術戦ですけれど、相手の魔力制御をいかに乱すかが戦いの要に思えました」

お兄様が振り向いた。

「ああ、そこが重要だ。結界魔法は誰でも習うし、誰でも使える。しかし力業で崩すにはかなりの魔力が必要だ。魔力を消費するよりも、相手の魔力制御を乱して魔法が不安定なところを叩いたほうが、効率がいい」

「そこに気付けて偉いぞ」とお兄様に頭を撫でられる。褒められてちょっと嬉しい。

ちなみにアンリは防戦一方という気の弱い彼らしい戦い方で、フィオラ様は意外にも土魔法で生み出した礫《つぶて》を風魔法で弾丸のように結界魔法へ叩きつけて貫通させるという力業の戦い方だった。

淑女然としたフィオラ様の放つ、高速の礫弾丸はまるで隕石のように相手の陣地に降り注ぎ、その容赦のなさには少しばかり対戦相手に同情した。

たとえ台に魔道具が備えてあって魔法を防いでくれると分かっていても、自分に向かって大量の礫が物凄い速度で降ってきたら怖いだろう。

そんなこんなで初日の対抗祭は終了した。

お義姉様、ミランダ様、そしてアンリとフィオラ様も一回戦突破である。さすがだ。

「フィオラ嬢のあれはちょっと受けたくないね……」

ロイド様の言葉にお兄様が無言で頷いていた。

＊　＊　＊　＊

対抗祭二日目。本日は二回戦が行われる予定だ。

お兄様とロイド様は相変わらず観客席にいる。わたしの横にルルがいるのも同じだ。

基本的に観客席は一年、二年、三年と分かれており、わたし達は三年生のところだ。

その範囲内であればどこに座っても良い。

ちなみにお兄様とわたしの丁度後ろの席には護衛の騎士が座っている。

「さあ、今日は何が観られるかな」

ロイド様がどことなく楽しげだ。

お兄様も普段より少し機嫌が良さそうだ。

「昨日のお義姉様とミランダ様、フィオラ様は凄かったですね。特にフィオラ様の攻撃はまるで空から星が降ってくるようでした」

「そうだな、あれは少々厄介だ」

わたしの言葉にお兄様が頷いた。

「だけどあれならアリスティードは防げるよね？」

ロイド様は当たり前のように言う。

……え、あの隕石集中砲火みたいな攻撃を防げるの？

「まあ、防御一択になるが。攻撃魔法と防御魔法では攻撃魔法の方が魔力消費は激しい。あとは相手が消耗するまで待って、攻撃が弱まったら叩く」

「なるほど」

あれをずっと受けていられるだけでも凄いと思うのだけれど、やっぱり魔法を使えるとその辺りの感覚が違うのかもしれない。

……わたしはどの魔法を見ても『凄い』って思っちゃうのに。

お兄様やロイド様達はきちんと魔法を見て、その対処法まで考えて観戦しているようだ。

最初の試合は昨日勝ち上がった一年生と二年生だった。

どうやら力が拮抗しているらしく、開始の笛が鳴ってから時間いっぱいまで試合は続いた。

勝ったのは二年生で、ギリギリ、的を一つ多く破壊していたので勝者となった。

そして次の試合はミランダ様が台に立った。

昨日の試合が面白かったからか、声援が多い。それにミランダ様が礼を執る。

対戦相手の生徒は三年生だ。互いに準備が出来来、開始の笛が響き渡る。

同時に魔法詠唱が始まった。

相手も三年生の十位以内とあって詠唱が速い。

僅差でミランダ様のほうの魔法展開が遅れ、最前列の左右の的が三年生の放ったウォーターカッターによって断ち切られた。それでも他の的は守れている。ミランダ様の的がウォーターカッターに襲われるのと同時に三年生の陣地の土がうねった。

また昨日のかと思ったが、水もないし、昨日のミランダ様の試合を見ていたのか三年生が作り上げた結界魔法は的の地面までしっかりとカバーしている。

しかしミランダ様が手を翳す。

すると土が結界魔法の上へ覆い被さっていく。三年生の陣地が丸々土のドームとなった。

それでも結界魔法で中の的はまだ無事らしく、審判の教師は黙っている。

「昨日のようにはいかないぞ！」

三年生が言い、ミランダ様が答える。

「さあ、それはどうでしょう？」

また二人が同時に詠唱する。

今度はミランダ様が速かった。

ゴオッと三年生の陣地が炎に包まれる。

そしてミランダ様の陣地にもファイアランスがいくつも降り注ぐ。

炎対炎の戦いだ。実際に熱気もあり、闘技場の台の上に立つ二人も相当暑いだろう。

それでも集中力を欠かずにいるようで、どちらも魔法の手を緩めない。

ミランダ様はファイアランスを防ぎながら相手陣地を火の海にしている。

かなり高温らしく、遠目にも三年生が汗をかいているのが分かった。

それでもミランダ様の結界魔法がファイアランスに耐えているのを見て、三年生が新たな魔法を詠唱するが、ミランダ様が炎を止めない。それどころか更に火力が上がる。

三年生がたまらずといった様子で、袖で額の汗を拭っているのが見えた。

そしてミランダ様の陣地に強い風が吹き荒れ、地面を抉るように大きな切り傷が出来ていく。

まるで鎌鼬《かまいたち》のような風だ。風と炎がぶつかって熱風が観客席全体に広がった。

ミランダ様の燃えるような赤い髪が風に靡《なび》くと、三年生の陣地が更に高温の炎で包まれる。

「相手の集中力を切らす作戦か？　いや、だがそれにしては……」

とお兄様が思案顔で呟く。

ミランダ様の炎が一際大きく燃え上がった時、ミランダ様が土魔法で槍を生み出した。

そしてそれが勢いよく土のドームに突き刺さった。

次の瞬間、物凄く大きな音が闘技場を襲った。

ドブシャアァァッと熱気と蒸気と土がそこから飛び出し、闘技場を覆う結界に土がぶつかる。

ミランダ様の詠唱が聞こえて風がやや強く吹く。熱気と蒸気が風に流れて消えると、そこにはバリバリに壊れた土のドームと飛び散った土が広がっていた。土には何かの破片が混じっている。

視界が晴れるのと笛の音が響くのはほぼ同時だった。

審判の教師がミランダ様側の手を上げる。

ミランダ様が詠唱を行い、土のドームを崩すと、三年生が結界魔法を張っていた内側はぐちゃぐちゃになってしまっていた。

そして唐突にロイド様が笑い出した。

思わずわたしもお兄様もギョッとしてロイド様を見たが、ロイド様は心底おかしそうに笑う。

「そうか、そういうことか！」

まるで非常に面白い喜劇を見た後のように笑っているロイド様に、お兄様が問う。

「ロイド、今のは何か知っているのか？」

「ああ、ごめん、説明するよ」

他の生徒に交じって拍手を送ったロイド様が笑いを堪え、説明してくれた。

「多分、あれは料理と一緒だよ。ほら、肉や野菜を柔らかくするためにほぼ密閉状態の鍋で蒸す方法があるよね？」

「あるな」

「あれって蒸気の逃げ口があるならいいけど、逃げ口がなかったり、うっかり調理中に緩めたりすると蓋や中身が内側からの圧力で吹き飛ぶんだって」

「そうなのか？」

…………もしかして圧力鍋のこと？

目が点になった。

だって、まさか魔法で戦うのに圧力鍋の話が出てくるとは思わなかった。

でも同時に「それか！」と思う。

まずミランダ様は土で結界魔法を覆った。恐らくただの土ではなくウォールで硬い土のドームを作り、加圧に耐えられるだけの密閉空間を生み出した。地下まで結界魔法を覆ったのだろう。

そこを高火力の炎で熱する。土のドーム内の水分が蒸気となり、内部の圧力が高まる。

そして爆発するギリギリまで圧力が高められたところで、ミランダ様は逃げ道を作ってやったのだ。そうなれば圧力は一気にそこへ集中する。

中の熱気と蒸気、土や的が吹き飛ぶように出てきた、というわけである。

「この前デートをした時に行ったレストランで、料理人にミランダがあれこれ訊いていたんだ。特に調理法について細かく尋ねていたから興味があるのかと思っていたけれど、まさか魔法に応用するなんてね」

ロイド様が苦笑した。

これは凄いことだ、と思う。

これまでの魔法は生み出した効果によって直接戦うものであった。

しかし、魔法の効果から更に自然現象を生み出し、それを利用して戦うこの方法はある意味、危険だ。結界魔法が効かない戦い方だ。

もしあのドームの内側に人がいたら、内側から破壊して逃げないと死ぬことになる。

お兄様もその危険性に気付いたのか眉を寄せた。

「あの戦い方は口外させないほうがいいな」

「そうですね、素晴らしい発想ではありますが、非常に危険を孕んでいるかと思います」

着眼点は素晴らしい。ただ、これは広めるべきではない。

お兄様が「後ほど学院長へ進言しておく必要があるだろう」と言った。

わたしも、そしてロイド様も頷いたのだった。

その次はアンリの試合だったが、彼は相変わらず甲羅に閉じこもった亀のように防御一辺倒の戦い方であった。しかしそれだって容易ではない。相手からどのような魔法を向けられても魔力制御を乱してはならないため、実は相当な胆力が必要だ。

普段は気弱なアンリだが、それは対人関係だけで、実はかなり度胸があるのかもしれない。

アンリは相手が魔法を連発して疲弊したところで一撃必殺の高威力魔法を放ち、相手の結界魔法を一点集中で突き崩し、的を破壊する。持ち時間いっぱいを使った戦い方だ。

その後も他の生徒の試合が続く。

そしてお義姉様の番が来た。お義姉様が台に立つと声援が凄い。

その声援にお義姉様は怯むことなく手を振って応じている。

相手の生徒は同じ二年生のようだ。

互いに準備が整い、開始の笛が鳴る。同時に二人が詠唱を口にした。

どちらも防御に徹したようで、僅かにお義姉様のほうが速く結界魔法を生み出した。

次の魔法のためにそれぞれが詠唱を開始する。

カッと眩い光が闘技場を覆いかけた瞬間、お義姉様の声が響いた。

「させませんわ！」

土の壁が突如下から突き出し、お義姉様のほうだけ眩い光を遮った。

そして更にお義姉様の陣地から大きな棘のような土が飛び出し、結界魔法に覆われた敵の的に向かっていく。ガキィンと派手な音が続けざまに響き渡る。音だけでなく振動までが空気を微かに震わせ、それが絶え間なく行われる。

相手は攻撃魔法を唱えたくとも、強い衝撃を受ける結界魔法を維持するだけで精一杯らしい。

お義姉様はその豊富な魔力で容赦なく追撃する。

「今日は力業のようだな」

「そうだね」

派手な音が響く中でお兄様とロイド様が苦笑した。

お義姉様が更に詠唱した。長い。複数属性の混合魔法だ。

土の棘が下から突き上げる中、今度は頭上から土の矢が風を受けて目にも留まらぬ速さで撃ち込まれていく。上と下から攻められて相手は防戦一方だ。

魔力が尽きてきたのか、制御が甘くなったのか、相手の結界魔法が微かに揺らいだ。

そこへ一番大きな棘が地面から突き刺さる。甲高い音を立てて結界魔法が砕け散った。

大きな棘は相手陣地の的を破壊する。試合終了の笛が吹き鳴らされた。

「エカチェリーナらしい戦い方だったな」

試合終了後に敵陣地の地面を魔法で元に戻しているお義姉様を見ながら、お兄様が微笑む。

つい、わたしも微笑んだ。

「そうですね」

お義姉様は元々、真っ直ぐな気質の人だ。

搦《から》め手が苦手というわけではなく、あえて相手と向き合い、相手を理解したいという感じなのだ。

この力業の戦い方も何というか、お義姉様の真っ直ぐさと、あと、容赦のなさが垣間見える。

……ミランダ様と言い、お義姉様と言い、戦いとなると一切の手加減はしないみたいだ。

この手のタイプの人間は怒らせたらいけない。

二人とも気の強そうな外見をしているけれど、性格はどちらかと言えば気が長く穏やかだ。

爵位が高いが故に、一時の激情に身を任せたり権力を濫用したりしないために、理性的でいるように心がけているのだろう。

……そういうタイプの人ほど怒った時は怖いんだよね。

普段は理性で押し固めているからこそ、解放出来る時はしっかり解放する。

しかも二人とも根が真面目だから手を抜くということがない。

声援にお義姉様はまた手を振って応えつつ、台を下りていった。

そしてまた他の生徒の試合があり、最後はフィオラ様の試合になった。

対戦相手は一年生のようだ。試合開始の笛が響き渡る。同時に詠唱が始まった。

……え、短い？

フィオラ様の詠唱は結界魔法のものよりも随分と短く、そして簡素なものだった。

それこそ初級魔法のそれである。

相手もそれに気付いたのかハッと表情を強張らせたが、もう遅い。

一陣の強い風が、相手の結界魔法の詠唱よりも先に陣地を襲う。

そのまま強い風が闘技場を駆け抜けた。

一瞬置いて、相手の結界魔法が発動し、同時にいくつもの雷がフィオラ様の的を直撃する。

その振動で、相手の的が地面へ転がり落ちた。風でほとんど倒れかけていたらしい。

相手の的は全て倒れ、フィオラ様の的は二本ほど残っている。

試合終了の笛が鳴り、勝ったのはフィオラ様だった。

まさか防御を捨てて攻撃に徹するとは。

しかも初級魔法という最も詠唱の短い魔法を、高威力で一発だけ放った。

お互いの魔法の発動は瞬きほどの差だった。

しかし、フィオラ様のほうが僅差で速かった。

「防御を捨てるなんて考えたね」

ロイド様が言う。

「ああ、だが、あれは初見にのみ通じる方法だ。それにもしも相手がより短い詠唱の魔法だった場合、防御が出来ずに魔法を受ける」

「自分のほうが速く魔法を展開出来るという自信がないと出来ないだろうね」

「戦いの基本の形を破るのは面白いやり方だったが、私やロイド、エカチェリーナを相手にしていたら、フィオラ嬢の負けだ」

「そうなんですか？」

お兄様の言葉に首を傾げる。

どうしてそう言い切れるのだろうか？

お兄様が口元に手を添えたので、耳を寄せる。

「私達は自分達で改良した結界魔法を使っている。主に詠唱短縮を目的に魔法式を構築し直した。短い詠唱でも、今までと同程度の防御力のあるものだ」

つまりお兄様達の方がフィオラ様の詠唱より更に速く結界魔法を展開出来るということか。

そこでストンと理解が出来た。

エカチェリーナ様が詠唱時間のわりに高威力の魔法を使えるのは、結界魔法の詠唱に割く時間が他の人よりも短く、その分を攻撃魔法の詠唱に当てられていたからだ。

たった一単語でも魔法の効果は変わる。

それだけでも詠唱短縮はかなりのアドバンテージがあるだろう。

「凄いです！　今度教えてください！」

既存の結界魔法は覚えている。新しい魔法を生み出すことに気を取られていたが、今ある魔法を更に改良するなんて、考えたこともなかった。

「ああ、帰ったら教えよう」

テストの成績だけでは頭の良さは測り切れない。

わたしよりもお兄様達の方が、よほど頭が良い。それを改めて実感した。

今あるものをより良いものへ。

その考えこそ、大事なことなのだろう。

……さすがです、お兄様。

改めて、お兄様達は素晴らしい人だと思う。

この人達の傍にいて、恥じない人間になりたい。

そうなる努力を忘れてはいけない。

「お兄様、わたしももっと勉強します」

「そうか、だが私も負けないからな」

お兄様は穏やかに笑ってわたしの頭を撫でたのだった。

＊　＊　＊　＊

対抗祭三日目。本日は三回戦と四回戦が行われる予定だ。

今日もお兄様とロイド様は観客席におり、改めて、前回第一位と二位の待遇の良さを思った。

昨日、一昨日と、二日間試合を観てきたけれど、あの試合に出て毎回戦うのは結構大変だろう。

それが前半戦は全て免除されるというのだから、かなり思い切ったやり方だが、面白い。

「お義姉様もミランダ様も、フィオラ様やロチエ公爵令息まで勝ち抜いているということは、今後はこの四人同士でも当たるようになりますね」

試合表を見る。ミランダ様は三回戦を勝ち抜けばアンリと当たる。

ちなみにお義姉様とフィオラ様は三回戦で当たるようだ。

これまで勝ち進んできた四人がそれぞれぶつかり、どのような戦い方をするのか楽しみである。

「そうだな、全員手を抜かないだろうから今日の試合は熾烈《しれつ》を極めるかもしれないな」

お兄様が頷いた。実力のある者同士の戦い。そう簡単に勝負は決まらないだろう。

そうして三回戦が始まった。まずは他の生徒同士の試合だ。

さすがに三回戦まで来ると使用される魔法も増え、対戦時間も持ち時間いっぱいまで使用される。

何とかといった様子での勝利であった。

そして次の試合はミランダ様だ。対戦相手も台へ上がり、互いに準備が整う。

試合開始の笛が鳴る。互いに詠唱が始まる。僅かな差でミランダ様のほうが速い。

結界魔法と共に相手陣地にいくつかのトルネードが生まれ、的を三つ破壊した。ミランダ様のトルネードはよく見るとウォーターカッターも混じっており、風と水の混合魔法である。

相手も慌てて結界魔法を展開し、ミランダ様の陣地を高火力の炎が襲った。

二人がまた詠唱をする。瞬間、ふらっとミランダ様がよろめいた。

「え、何が起こったんでしょうか？」

思わずお兄様の方を見れば、お兄様もロイド様も、眉を顰めている。

「ん、ああ、そうか、リュシエンヌは魔力がないから分からないのか。今、相手が幻惑系の魔法を発動させている。的が増えて、自分の体が揺れているような感覚がミランダ嬢にはあるだろうな」

「離れている僕達の目にも微妙に動いて見えるということは、相当の腕だと思うよ」

そうなのか、と闘技場へ目を移す。

ミランダ様の風と水を混合した魔法が更に威力を増し、結界魔法へぶつかっていく。

ふらついていたミランダ様が顔を上げた。

「ふふ、的の正確な位置が分からないなら全て破壊するまでですわ！」

トルネードからウォーターカッターが消える。

ミランダ様が詠唱し、手を伸ばす。

するとトルネードが今度は炎を纏い、轟々と音を立てながら相手の結界魔法へぶつかった。

もはや火の海と化している。それでも相手も強く、なかなか結界魔法は破れない。

相手が詠唱を行い、ミランダ様の陣地へ土で出来た槍をいくつも降らせる。

互いに一歩も譲らない戦いだ。

試合時間が半分経過したことを短く笛が告げる。

そこでミランダ様が攻勢に出た。

「負けませんわ！」

詠唱し、ミランダ様の生み出したトルネードに炎だけでなく鋭い土の礫が混じり合う。

魔法の三種類混合だ。相当集中力が必要だろう。それに魔力もかなり使っているはずだ。

だがそのおかげで相手の結界魔法には亀裂が走り、何とか保とうとしていたが、容赦のないトルネードの威力に押し負けて砕け散った。トルネードが的を蹂躙《じゅうりん》していく。

そこでやっと、試合終了の笛が鳴った。

「苦戦したな」

「そうだね、相手も侯爵家の令息だし、かなりの接戦だったね」

ほぼ同じ魔力量同士の戦いだったのかもしれない。

接戦を制したミランダ様は、それを表に出さず、涼しい顔で台を下りていく。

対戦者は肩を落として下がっていった。

「ミランダ様は三属性の混合魔法でしたね」

「もはや炎の柱にしか見えなかったな。風はどの属性とも比較的相性が良いから、トルネードを基に他の属性を混ぜるのは良い発想だ」

ロイド様が立ち上がる。

「僕はちょっとミランダのところに行ってくるよ」

そう言ったロイド様にお兄様もわたしも頷いた。

どこか軽い足取りで離れていくロイド様を見送り、こっそりお兄様へ問う。

「大健闘したミランダ様を褒めに行ったのでしょうか?」

「恐らくな。ロイドにも大事な者が出来て良かった。人は大事だと思える者がいれば強くなれる」

「そうですね、大事な人がいるとそれだけで強くなれます」

ルルとお兄様を交互に見る。

ルルは目が合うとニコリと微笑んだ。

それは『自分もそうだ』と言ってくれているみたいだった。

お兄様は微笑むとわたしの頭を撫でる。

「さあ、次の試合が始まるぞ」

その言葉と共に試合開始の笛が鳴った。

別の生徒同士の試合だ。

やはり三回戦ともなれば、それぞれに魔法の腕が立ち、対戦者同士の力が拮抗する。

一回戦のように瞬殺というのは難しい。

その試合は持ち時間いっぱいを使い、ギリギリで一年生が三年生に力業で押し勝っていたが、一年生のほうもかなり魔力を使用したのか少し気だるげだった。

恐らくこの後で魔力回復薬を飲むだろう。

わたしは飲んだことはないが、あまり美味しくない薬らしい。

魔力を多く含む薬草から魔力を含んだ薬液を作り出し、それを飲むことになるのだから、まあ、味はお察しだろう。

「次はお義姉様とフィオラ様ですね」

台の上にお義姉様とフィオラ様が上がる。

普段はお義姉様に仕えたいと言っているフィオラ様だけれど、その微笑みはどこか楽しげだ。

お義姉様も口角を引き上げている。

……そうだよね、主人と臣下の関係だと、こういうふうに正面切って戦える場面は少ない。

だからこそ、どちらも楽しそうなのだろう。

「今度はあの二人か」

お兄様も思うところのあるような口調だった。

互いに準備が整うと笛が響き渡った。

二人が同時に詠唱を行う。結界魔法が展開し、ほぼ同時に攻撃魔法も発動した。

フィオラ様のあの隕石の雨のような礫の大群がお義姉様の陣地に降り注ぐも、お義姉様はまるでそれを読んでいたかの如く高火力の炎で礫を焼き払う。

フィオラ様の笑みが僅かに深くなった。

「さすがエカチェリーナ様、同じ手では相手になりませんね」

「ええ、新しいものでなければ、わたくしを楽しませることは出来なくてよ？」

「ふふ、そうですわね。失礼いたしました」

二人が会話をしている最中にも礫と炎の攻防は続く。

そして二人がまた詠唱をする。

「ではこんなものはいかがでしょうか？」

フィオラ様の陣地に大量のアイスアローが展開される。氷の矢と言っても長さも太さも人の腕ほどもあるものだ。それが数え切れないほど上空に生み出される。

同時にお義姉様の頭上にもファイアアローが同じように、数え切れないほど展開されていた。

一瞬の間の後、それらが陣地の上で衝突し合う。炎と氷がぶつかって水になる前に蒸気となる。

数え切れないほどの矢がぶつかり合い、ジュッ、ジュワッ、と炎と氷のせめぎ合う音が連続する。蒸気のせいで視界が悪い。一体どれだけの数を展開させていたのだろう。

「これでおしまいですの？」

お義姉様が言う。

フィオラ様が微笑んだ。

「いいえ、まだございます」

今度はフィオラ様だけが詠唱をした。

土が盛り上がり、それが形を成しながら炎に包まれ、燃え上がる。

そして炎が消え去ると、そこには大きな土のゴーレムが立っていた。

「こちらはいかがでしょう？」

ゴーレムなんて三年生でもまだ習っていない。おお、と観客の間からどよめきが上がる。

わたしもゴーレムは初めて見た。土属性の魔法の中でも上位の魔法で、よほど土属性に適性がなければ使用することが出来ないはずだ。

お義姉様が「ほほほ」と楽しそうに笑った。

「素晴らしいですわ、フィオラ様」

「お褒めに与り光栄でございます」

「その才能に敬意を表して、わたくしも特別に切り札の一つを見せて差し上げましてよ」

お義姉様が詠唱をした。

そしてお義姉様が手を伸ばすと、その手の少し先から銀色に輝く茨のような、鞭のような、光の筋が長く出来上がった。お義姉様がその鞭を一振りしてフィオラ様の結界魔法へ叩きつけた。

瞬間、ピシャァアアァンッッと雷がそこへ落ちた。

「光属性か！」

お兄様が思わずといった様子で身を乗り出した。

まさか光属性の雷魔法をあのように鞭という形で使用するなんて。

激しい雷にフィオラ様の表情が一瞬陰る。

けれども、すぐにうっとりと微笑んだ。

「ああ、さすがエカチェリーナ様……」

フィオラ様が手を動かせば、ゴーレムが動き出す。

お義姉様はそのゴーレムに向かって、強く、大きく、鞭を振りかぶった。

「あなたもなかなかですわよ」

そして鞭がゴーレムに当たった瞬間。

目を開けていられないほどの光と、耳をつんざく轟音が空気を振動させながら響き渡った。

ビリビリと激しく振動する空気。横にいたルルに抱き締められたのが分かった。

そして光が収まり目を開ければ、真っ黒く焦げたゴーレムがゆっくりとフィオラ様の陣地へ倒れていくところだった。

ドゴォオォン……と的を押し潰してゴーレムが倒れる。

同時に鋭く試合終了を告げる笛の音が響き渡った。

シン、と静まり返ったのは一瞬のことで。

先ほどの轟音に負けないほどの歓声が闘技場を埋め尽くした。

土魔法でも上位のゴーレム作製。光属性でも上位の雷魔法による鞭。どちらも学生という身分でそう簡単に行えるものではなく、それを目に出来たことに生徒達は大興奮である。

「全く、とんでもない隠し技を出してきたな」

身を乗り出していたお兄様が席に座り直す。

「ええ、雷魔法を実際に使える方は初めて見ました」

お義姉様がまさか光属性の上位の魔法まで使えるとは思わなかった。

そしてそれはつまり、光属性の適性が高い証拠でもある。

フィオラ様は逆に土属性の適性が非常に高いのだろう。

ゴーレム作製は難しい魔法だ。まず、生き物のように動かすだけでも相当に繊細な魔力制御が必要で、動かす度に大量の魔力が消費される。土属性の適性が高くなければ、あそこまで巨大なものを維持出来ない。

「素晴らしい戦いが出来て満足しましたわ」

「私も勉強をさせていただきました」

そんな大技を発動させた二人は、非常に楽しそうに笑って台を下りていった。

きっと二人とも、観客席に戻った後はみんなに囲まれて大変な思いをすることになるだろう。

それくらい凄い魔法を二人は駆使したのだ。

そうして午前の部、三回戦は終了したのだった。

「たった十分の出来事とは思えませんね」

「ああ、あの二人は学生の域を超えているな」

つい、お兄様と顔を見合わせてしまう。

「婚約者で良かったですね、お兄様」

「そうか？　恐妻家になりそうだが」

「それはお兄様のほうが弱ければという話ですよね？」

お兄様に限ってそんなことはないだろう。

「ああ、負ける気はないさ」

その表情は不敵なものだった。

そして午後、昼食を摂った後に四回戦が開始されることとなった。

勝者は日に二度戦うことになるが、それは勝ち進んできた者は皆そうである。

戻ってきたロイド様も合わせて四人で席に着く。

「最初の試合はアンリとミランダ嬢だな」

「でもミランダにとっては苦しい戦いになると思う」

「そうだな」

二人の話にわたしもそうだろうなと思う。

公爵家の嫡男と侯爵家の令嬢。それだけでも恐らくアンリの方が魔力量は上だろうし、原作ではアンリは魔法に詳しかったはずだ。魔力量も、魔法の知識も、アンリのほうが多い。

アンリもミランダ様の戦いを見てきたはずなので、同じ手が通用するとは思えない。

そうなるとミランダ様のほうが劣勢だ。

台の上に二人がそれぞれ上がる。

ミランダ様は堂々としているが、アンリは相変わらず少し気弱そうだ。

でも以前よりかはオドオドした感じはない。

互いに準備が整うと試合開始の笛が鳴る。二人が同時に詠唱を始めた。

……長い！

まるで示し合わせたように二人の詠唱は長い。

二人の結界魔法が展開する。二人はそのまま詠唱を続けた。ミランダ様のほうが速い。

地面が持ち上がり結界魔法を覆うように土が広がったが、それに気付いたアンリは結界魔法の範囲を広げたり縮めたりとドームの完成を阻む。

ミランダ様もそれに固執していないのかすぐに方向性を変えて、土を棘へ変化させてアンリの結界魔法を襲う。

試合開始までは気弱そうだったアンリも、今は真っ直ぐに立ち、前を見据えている。

多分、試合に集中しているのだろう。周りの歓声もあまり聞こえていないようだ。

その証拠にミランダ様の攻撃を受けても結界魔法は揺らぎ一つない。

それどころか巨大な氷を生み出したアンリはそれを砕き、ミランダ様の結界魔法へ容赦なく氷の刃を降り注がせる。

「さすがロチエ公爵家のご子息でいらっしゃる」

ミランダ様がそう言い、次の詠唱に移る。

アンリも詠唱を始める。

ミランダ様が手を翳せば炎の塊が闘技場の中央に生まれ、それが次第に別の形を成していく。

そしてそれは獅子の形へ成った。大きな炎の獅子が咆哮《ほうこう》を上げれば空気が揺れる。

「炎の獅子とは凄いな」

お兄様が思わずといった様子で呟く。

それにわたしもロイド様も頷いた。

午前中のフィオラ様のゴーレム同様、炎をあのように何かの姿に変え、それを維持しつつ意のままに動かすには大変な労力が必要だ。繊細な魔力制御に激しい魔力消費。

これを防がれたらミランダ様に勝ち目はない。

それはミランダ様も、そしてアンリも気付いているのだろう。

アンリがまた氷の塊を生み出し、それを砕くことで、今度は先ほどよりも大きなアイスアローをミランダ様の陣地へ落とす。炎の獅子が口から噴き出した炎でそれらを溶かし、攻撃を防ぐ。

アンリの攻撃は単純なものばかりだ。だが注ぎ込む魔力量が桁違いなのか威力が高い。

全ての氷を溶かすと炎の獅子がアンリの結界魔法へと襲いかかる。

爪で、牙で、結界魔法を破壊しようとする。しかし強固なそれはビクともしない。

ミランダ様が更に詠唱をし、炎の獅子を大きくすると、獅子が結界魔法へ突進する。

甲高い派手な音が響くが壊れる気配がない。

アンリが詠唱を行う。

また頭上へ巨大な氷が出現し、バキリと砕け、氷が巨大な複数の氷柱《つらら》となった。

そして間をおかずに獅子へ向かって落ちていく。

獅子が慌てて避けようとしたが、間に合わずに一本が刺さると、それを皮切りに他の氷柱が追撃する。ジュウジュウと氷が溶ける音がする。獅子が咆哮を上げて足掻くも逃げられない。

巨大な氷柱に何本も串刺しにされた獅子は大量の氷に負けてぶわりと膨らんだ後、爆発するように消し飛んだ。それでもアンリの結界魔法にはヒビ一つ入らなかった。

「……降参いたします」

ミランダ様がそう言った。

試合終了の笛が鳴り響き、勝敗は決した。

炎の獅子でかなり魔力を消耗したのか、ミランダ様はどこか力ない足取りで台を下りていく。

アンリも笛の音でハッと我へ返ったようだった。いつもの気弱そうな雰囲気に戻る。

アンリとミランダ様の戦いはあっという間の出来事だった。

「アンリは普段からああならば良いのだが……」

普段はどうしてもあの気弱そうな感じだから、お兄様はそれを心配しているのだろう。

魔法で戦っている間のアンリはいつもの俯きがちで気弱そうな様子とは反対に、真っ直ぐに前を向いて凛と佇《たたず》んでいた。普段もあのようにしていたら、もっと人気があったと思う。

台を下りたアンリを見れば、エディタ様に迎えられていた。

エディタ様とアンリが何事か話して、アンリが嬉しそうにしているのが見える。

……あの二人も上手くいってるみたい。

「ですが、焦らずとも大丈夫ではないでしょうか？　エディタ様と関わることで良い方向に変わっていけているように思います」

「アンリも自分のことは分かっているだろうし、私達は静観していてもいいんじゃないかな」

わたしとロイド様の視線に気付いてお兄様がアンリを見やる。

エディタ様と楽しげに話している様子のアンリを見て、お兄様が微かに目元を和らげた。

「それもそうだな。あまり私が干渉し過ぎてもアンリにもエディタ嬢にも良くないか」

そう呟いてお兄様が頷いた。

……多分あの二人は大丈夫。

だってあんなに楽しそうにしているのだ。

ロイド様が席を立った。ミランダ様のところへ行くのだろう。

そして次の試合になる。次はお義姉様と勝ち上がった三年生だ。

二人が台に上がれば、お義姉様への声援が沸き起こる。

午前中の試合を見ていればそれも無理はない。

あれは凄い戦いだった。今回もみんな期待しているのだろう。

二人の準備が整うと試合開始の笛が鳴った。

同時に詠唱をし、まず結界魔法を展開する。続けて詠唱して攻撃魔法を発動させた。

お義姉様はもう一度見せてしまったからか、構わず最初からあの雷の鞭だ。

相手の三年生もそれを予想していたのだろう。

魔法を発動させると闘技場全体が闇に包まれた。

観客席までは届かないけれど、闘技場の中は暗闇に覆われており、中の様子は窺えない。

このままそれが続くのかと思いきや、バチィイィッと電気の弾ける音がして、内側から暗闇が膨らむと吹き飛ばされた。

「わたくし、暗闇は平気ですのよ?」

鞭で暗闇を薙ぎ払い、お義姉様が不敵に微笑む。

三年生が慌てて次の魔法を展開させる。

それよりも先にお義姉様がウォーターカッターを生み出し、三年生の結界魔法へ叩きつける。

だがさすがにここまで勝ち進んだだけあって、相手の結界魔法は揺るがなかった。

「その程度で私は負けないわ!」

三年生が魔法を発動させると、その陣地に闇の塊が現れる。

どうやらこの三年生は珍しいことに、闇属性の適性が高いらしい。

その闇の塊から糸のようなものが飛び出し、お義姉様の結界魔法にぐるぐると巻きつき、締め上げていく。それが強いのかミシミシとお義姉様の結界魔法が軋む音がする。

「まあ、とってもお強いのですね」

しかしお義姉様は焦る様子がない。ふふふ、と笑うと鞭を振るった。

バチィン、パシィンと雷の鞭が闇の糸を焼き払っており、お義姉様は微笑みを浮かべたまま、苦もなく糸を全て消し去った。

「さあ、次は何を見せてくださるのかしら？」

三年生が詠唱をする。

「私にだって……！」

そして三年生も闇を鞭のような形に変化させた。

闇属性の鞭と、光属性の鞭。

どちらが勝つかは魔力制御と魔法に使用される魔力量の多さで決まる。

漆黒の鞭と雷の鞭が互いにぶつかり合う。

パシィインッ、バシィインッ、バチィイインッと激しい音が響く。

どちらも健闘しているように見えるが、よくよく見ると三年生の闇の鞭はぶつかり合う度に少しずつ鞭を形作る闇が欠けている。そして何度目かの衝突で闇の鞭は完全に払われてしまった。

「まだ続けますか？」

お義姉様の言葉に三年生が肩を落とす。

「いいえ、降参します……」

試合終了の笛が鳴り響いたのだった。

お義姉様は歓声に応えて手を振り、三年生は肩を落としたまま台を後にする。

「闇属性の魔法を初めて見ましたが、面白いですね」

お兄様が頷いた。

「闇も光も形があってないようなものを扱う魔法だ。なかなか面白いものが見れた」

「まさか対戦相手まで鞭で対抗するとはね。でもあの様子だと思いつきでやったのかな？」

「ああ、それにエカチェリーナほどの魔力はなかったようだ。ぶつかる度に欠けていたのは力負けしていたんだろう」

お兄様とミランダ様のところから戻ってきたロイド様の言葉になるほどと納得する。

今回はお義姉様の勝利である。

これで今日の試合は全て終了だ。授業もないので後は帰るだけになる。

「お兄様は今日も残っていかれますか？」

対抗祭の最中でも生徒会の仕事はある。

「そうだな」

「では、わたしは休憩室でお待ちしておりますね」

「ああ、分かった」

「僕も生徒会の仕事をしないとね」

席を立ち、人の波に合わせて流れるように闘技場を出る。

お義姉様も見かけたけれど、大勢の生徒に囲まれていたので、もし生徒会室に来るとしても時間がかかりそうだった。

ルルにエスコートされながら、お兄様とロイド様、お兄様の護衛騎士達と学院の敷地を歩き、第二校舎へ向かう。大半の生徒は本日の対抗祭の日程が終了したので、真っ直ぐ帰宅するようだ。

第二校舎へ来ると人気は全くなかった。校舎に入り、三階へ行き、生徒会室前で分かれる。

お兄様達は生徒会室へ。わたしとルルは隣室の休憩室へ。

「今日も凄かったね」

ルルが椅子を引いてくれて、そこに腰掛ける。

「リュシー、集中しすぎて前のめりになってたよねぇ」

クスクスとルルが笑いながら、簡易キッチンで紅茶の準備をしてくれる。

その背中を眺めながら頷いた。

「だって色んな魔法が見られるんだよ？　魔法実技では一つの魔法しか毎回やらないし、対抗祭のほうが面白い」

「まあ、授業じゃあそんなに高威力も出さないからねぇ。リュシーはどの魔法が一番気になったぁ？」

「やっぱりお義姉様の光属性の鞭かなあ」

ルルにお礼を言って淹れてくれた紅茶に口をつける。

他の魔法も気になるけれど、一番はお義姉様のあの、銀色に輝く雷の鞭である。

遠目には銀か何かで出来ているように見えて、ほんのり青みを帯びたそれは美しく、棘のある茨のような鞭は細身で、お義姉様によく似合っていた。あれは多分、雷を凝縮した鞭だ。

光属性の雷魔法は基本的に相手へ雷を落とすものだ。

それで何かを形成し、維持するだけでも相当繊細な魔力制御と大量の魔力が必要になる。

誰にでも出来る芸当ではない。

「あれは確かに面白い魔法だったねぇ」

隣に座ったルルも紅茶を口にする。

「雷魔法は基本的に落とすだけだからなぁ」

ルルもわたしと同じことを考えていたようだ。

部屋の扉が叩かれる。ルルが席を立ち、確認に向かった。

「ご機嫌よう、リュシエンヌ様」

「ご機嫌よう、ミランダ様」

訪れたのはミランダ様だった。

席を勧めればミランダ様が腰掛け、ルルがサッと紅茶を淹れてくれた。

ミランダ様がいつもよりどこか元気がないのは負けてしまったからか。

「対抗祭、お疲れ様でした。ミランダ様も大健闘されましたね」

ミランダ様はしょんぼりしている。

「ですがロチエ公爵令息に負けてしまいましたわ。さすがという他ありません」

「ミランダ様こそ素晴らしい魔法の数々を披露してくださったではありませんか。特に最後の炎の

「ええ、炎の獅子はとっても練習いたしましたの。あれをやりたくて夏季休暇中はずっと魔力制御に時間を費やしておりました」

褒められて嬉しいのかミランダ様の表情が明るくなって、声も調子も普段に戻る。

きっとあの炎の獅子はミランダ様にはとても重要な魔法だったのだろう。

夏季休暇を費やして習得したならばそれも分かる。

「ロチエ公爵令息がまさか水属性の氷魔法だけで戦ってくるとは……。私は炎属性ですから、少し相性が悪かったのでしょう。……来年は参加出来ないのが残念ですわ」

三年生のミランダ様は今年で卒業だ。

もしも来年も参加出来ていれば、更に今年以上に凄い試合になったかもしれない。

……まあ、わたしも見られないけれど。

「今回の試合で私の弱点も分かりましたし、今後はそこを重点的に伸ばしていこうと思います」

「ええ、頑張ってください」

やる気を出すミランダ様にわたしも微笑んだ。

負けを負けと認めて、それを次に繋げられるというのはとても大切なことだと思う。

ミランダ様のこういう真っ直ぐで正直なところは見習うべきだろう。

＊　＊　＊　＊　＊

対抗祭四日目。準決勝の五回戦と決勝の六回戦が行われる。

今日からお兄様とロイド様も試合に参加することになるため、観客席のわたしの横にはルルと、代わりにミランダ様が座っている。

トーナメント表を見る限り、お兄様はアンリと、ロイド様がお義姉様と当たるようだ。

「今日はアリスティード殿下とロイド様も出ますね」

昨日は気落ちしていたミランダ様も、もう気にしていないようで、今は楽しそうにしている。

「そうですね、思えば魔法実技の授業以外でお兄様が魔法で戦うところは初めて見ます」

「あら、そうなのですか？　王城で騎士団と手合わせをしていることがあるとお聞きしたのですが……」

「確かに騎士達と手合わせしていることは多いですけれど、それは剣の腕についてであって、魔法で戦っていることはないんです」

そう説明すればミランダ様がなるほどという顔をする。

お兄様は騎士達やルルと手合わせすることはよくあるものの、魔法を使ったとしてもせいぜい身体強化くらいで、それでは見た目の変化がないのでよく分からない。

騎士達と剣を合わせているからか、お兄様の剣の腕前はかなりのものである。

ただしそんなお兄様でもルルには勝てない。そして騎士達も。

……そう思うとルルって反則級に強いよね。

あまり魔法を使用することもないけれど、闇ギルドのランク二位という立場と指輪に高度な魔法を付与してくれたことを考えれば魔法も反則級に強いのだろう。

思わずルルを見上げれば、微笑を浮かべたまま小首を傾げられたので何でもないと首を振る。

さすが隠しキャラと思ったのは黙っておこう。

そうして対抗祭が始まる。まずはお兄様とアンリの試合らしい。台の上に二人が立つ。

「アンリ、今だけは手加減はなしだ」

お兄様の言葉にアンリも頷いた。

「は、はい、そのつもりです」

アンリが珍しくキリリと表情を引き締める。

それにお兄様も楽しげに笑みを深めた。

二人の準備が整い、確認した審判の教師が試合開始の笛を吹き鳴らす。

鋭い音と共に二人が詠唱を開始する。

ほぼ同時に二人の陣地に結界魔法が展開される。

「速い……！」

お兄様とロイド様とお義姉様は結界魔法を独自に組み直して詠唱を短縮させているが、アンリもそうだとは聞いていない。つまり、アンリは本来の結界魔法を短縮バージョンとほぼ同じ速度で展開出来るということだ。それだけでも驚きである。

……アンリも相当、魔法を研究してるんだろうな。

魔力を込めながらの詠唱は難しいはずだ。それを二人とも、あんな簡単に行使出来ている。

続けられた詠唱で攻撃魔法が発動した。中間地点に巨大な氷が生まれ、それが砕けて大量のアイスアローに変化し、それがお兄様の結界魔法へ降り注ぐ。

同時にアンリの陣地の地面が激しく割れ、音を立てて隆起し、アンリの結界魔法に突き刺さる。

しかし両者の結界魔法はビクともしない。

「さすがにこの程度では揺らがないか」

嬉しそうにお兄様が笑う。

「殿下こそ、素晴らしい魔法です」

アンリが吃《ども》らずに返事をする。魔法に集中しているからだろう。

キリリとしたアンリの様子に黄色い声が上がる。

可愛らしい顔立ちのアンリだけれど、ああして凛と立つ姿は可愛さとのギャップがある。

二人が更に詠唱をする。互いに最初の魔法を行使したまま、第二の攻撃魔法が開始される。

アンリが風魔法でアイスアローの威力を上げつつ、並行して風魔法のトルネードをお兄様の結界魔法へぶつける。

威力を増したアイスアローの雨とトルネードに襲われても、お兄様は笑みを浮かべている。

そしてお兄様が手を伸ばした。突き刺さっていた隆起した地面が形を変え、大きな手の形に為るとアンリの結界魔法を握り締めた。

これにはアンリの結界魔法もミシミシと音を立てる。よほど強い力がかけられているらしい。

アンリが詠唱をし、アイスアローが溶けて水に変化するとそれがウォーターカッターになり土の手を切り刻んだ。

お兄様が詠唱をする。今度は土から両手が現れた。

お兄様が両手を合わせるような仕草を行うと、土の手も同じように掌を合わせてアンリの結界魔法を左右からギュウギュウと押し潰そうとする。

それにアンリが微かに眉を寄せ、即座に詠唱をし、もう一度ウォーターカッターを生み出して当てたものの、ガキィンッと硬質な音を立てて弾かれた。

観客席から騒めきが響く。

それでもアンリは次の詠唱で炎を生み出すと大きな手を自身の結界魔法ごと焼き出した。

お兄様は動かない。

アンリは更に水の魔法をかけて冷やし、アイスランスで土の手を串刺しにした。

「なるほど、高温で熱した後に水で急激に冷やして脆くしたんだ……」

それを瞬時に判断して実行するアンリはさすがだ。

だがそれ以上にお兄様が強い。

ミランダ様を打ち負かしたアンリが、お兄様相手だと完全に後手に回っている。

「あのロチエ公爵令息がこんなに押されているなんて……」

ミランダ様も口に手を当てて驚いている。

土の手が砕けるとお兄様が詠唱を行い始める。

その間に先に詠唱を終えたアンリの攻撃魔法が発動する。

お兄様の結界魔法に雷がいくつも落ちていく。

アンリは光属性への適性も高いようだ。

でもお兄様は気にせず詠唱を続けており、その攻撃があまり効いていないのが見て取れる。

そうしてお兄様が詠唱を終えると空中に炎の剣が数え切れないほどに出現した。

それを見たアンリがハッと息を呑む。

炎の剣は高温らしく、周囲の空気が陽炎のごとく揺れ、離れていても熱気が感じられる。

慌てた様子でアンリが雷の軌道を変えて炎の剣へ向けたが、僅かな差でお兄様の方が速かった。

「悪いな、アンリ」

お兄様のその声は楽しげだった。上げた右手をお兄様が下ろす。

宙に浮いていた炎の剣が空を切り、アンリの結界魔法に降り注いだ。

派手な甲高い音を立てて炎の剣達が突き刺さる。

「ぐっ……!」

アンリが苦しそうにたたらを踏んだ。

それでも諦めずに詠唱を行い、攻撃魔法を繰り出した。

空中に鏡のような氷がいくつも現れ、雷がそこに当たると、光を反射させるように雷が弾かれ、お兄様の結界魔法にぶつかり、弾かれては氷で反射してぶつかりを繰り返す。

その雷の駆け巡る速度があまりに速すぎて光の筋になってしまっている。

しかも反射する度に雷の筋が太くなっていった。

だが、お兄様が手を振ると炎の剣の一部が分離して容赦なく氷の鏡を破壊する。

「なかなかに楽しめたがここまでだ」

お兄様が呟く。

「爆ぜろ」

直後にアンリの結界魔法に刺さった炎の剣が爆発した。

高温の剣が爆発したことで爆風が起き、土埃が舞い上がる。

それは闘技場の結界内でしばし滞留したが、土埃が晴れるとアンリの結界魔法の内側にあった的は全て破壊されていた。

試合終了の笛が闘技場に響き渡り、ワァッと観客席が歓声に包まれる。

「凄い。お兄様がここまで魔法を扱えるとは知りませんでした……」

いつも騎士達やルルと剣を交えているが、魔法の面でもこうも優秀だとは知らなかった。

「私もここまでとは思いませんでしたわ……」

横にいたミランダ様が呟く。

「え？　去年も一昨年もこのような感じだったのではないのですか？」

「いいえ、その、王太子殿下にこのような言い方は不敬かもしれませんが、元々お強い方ではありましたけれど、ここまでではございませんでした」

「そうなのですか？」

「少なくとも、去年はロチエ公爵令息よりいくらか上というぐらいでした」

何故だろうと見下ろせば、台を下りてふと顔を上げたお兄様と目が合った。

そしてお兄様が小さく手を振るので振り返した。

気になるところだが、お兄様はまだ決勝戦があるので訊くことは出来ない。

お兄様が歩き出したことでわたしも視線をミランダ様へ戻す。

「そんなに違うんですか？」

「ええ、まるで別人のようですわ」

不思議だなと思っていれば横にいたルルが「もしかして……」と何やら考えるように目を伏せた。

それからルルがピアスに触れ、一瞬、ふわりと風が吹いた。

「ルル、何かした？」

ルルが頷く。

「風魔法で少々。周りに声が聞こえないようにしただけなので、読唇術を心得ている者には会話の内容が読み取れてしまいます。扇子で口元を覆ってお話しください」

言われた通り扇子で口元を隠す。

ミランダ様がこちらに気付いたが、扇子の下で唇に人差し指を当てて見せれば心得た様子で顔を正面へ戻してくれた。

「それで、どうかしたの？」

ルルが考えごとをするように口元に拳を寄せ、目を伏せる。

拳で唇の動きを隠しているようだ。

わたしも視線を闘技場へ移す。

闘技場は今、教師達の魔法で荒れた地面を元に戻されている途中だった。

「アリスティードのことだけどぉ、急に強くなったのってもしかしてリュシーの加護の影響じゃないのぉ？」

思わずルルのほうを見そうになって我慢する。

「わたしの加護の？」

「夫になったオレがあれだけ祝福を受けたんだしぃ、リュシーの家族が何もないってことはないと思うんだよねぇ。むしろそのほうが自然じゃなぁい？」

「なるほど……」

言われてみればその可能性は大いにある。

「この一月アリスティードの鍛錬に付き合ってて気付いたんだけどぉ、オレほどじゃなくても多分身体能力も魔力量も上がってると思うんだぁ。以前よりも明らかに強くなってたよぉ」

魔力量は基本的に五歳の洗礼の儀の際に判明するが、それ以上に増えることはない。

その魔力量が増えたとして、ここ最近の出来事で何か原因があるとしたら、それはわたしとルルの婚姻による祝福が思い当たる。お父様もお兄様も、もしかしたらわたしの負担にならないように黙っていてくれたのかもしれない。

加護を受けた人間がいるだけでその国は栄える。

それなら、加護を受けた人間の近くにいる人間はどうなるのだろうか？

きっとルルと同じように何かしら影響があると思うのだ。

でも、もしそうだとしたらわたしは嬉しい。

お父様やお兄様が強くなれば、命を狙われた時に生き残る確率が上がる。

ルルがそうなったように、お父様やお兄様もそうなってくれたなら、離れていても安心出来る。

国王も王太子も他国から命を狙われやすい。

そういった話は全くしない二人だけど、恐らく何度も命を狙われてきているはずだ。

「……そうだとしたらいいな」

もしわたしの加護の影響でお父様やお兄様にも良い影響があるのだとしたら、女神様への感謝の気持ちがもっと強くなる。

「ちなみにルルの感覚だと、お兄様はどのくらい以前よりも強くなってるの？」

一応訊いてみる。

「そうだねぇ、倍くらい？」

「……どっちが？」

「身体能力も魔力量も多分〜？」

……それは絶対、祝福の影響を受けてるね……。

そうすると疑問が湧く。祝福の範囲はどこまで有効なのだろう。

お父様やお兄様もそうだとして、他にもわたしと親しい人達はどうなのか。

気になるけれど、ステータスについて質問するのはこの世界ではタブーなので訊くに訊けない。

「お義姉様やロイド様、ミランダ様はどうなんだろう？」

「さあねぇ、でも特に変だって言ってないなら何もないんじゃなぁい？」

「それもそっか」

もしも急激に変化が起こっていれば本人達が何かしら疑問に感じて口に出すだろう。

それがないということは、そこまで祝福の効果は出ていないか、効果があっても分かり難い程度ということか。加護の影響の仕方がよく分からない。ただお兄様に影響が出ているのは確かである。

魔力量も倍になっているとしたら、去年よりも強くなって、アンリを楽に倒せるようになっていても不思議はない。

「決勝戦と剣武会、楽しみだね」

剣武会ではお兄様の剣の腕前を見られる。そこでどれくらい強くなったのか分かると思う。

……ちょっと楽しみ。

お兄様は剣の鍛錬も欠かしていないので、きっと身体能力も上がって前に見たより更に強くなっていることだろう。お兄様がどんな戦いを見せてくれるのか。今はそれを楽しみにしておこう。

ルルの声に笑いが交じる。

「そうだねぇ、そのうちアリスティードとも一度くらい全力で戦ってみたいなぁ」

……それはさすがにお兄様が可哀想な気がする。

元々でも勝てなかったのに、いくらお兄様も祝福を受けたとしても、ルルに勝てるとは思えない。

恐らくルルのほうが祝福の影響は強いはずだ。ただでさえチートなルルを更に強化させてしまって良いのかとも思うが、女神様が良いと判断してるから構わないのだろう。

「人目のないところでなら出来るかもね」

「今度アリスティードに訊いてみるよぉ」

ちょっと楽しそうなルルに言う。

「その時はわたしも見たいから呼んでね」

ルルが「分かったよぉ」と言う。

「あ、それから後でこの魔法もピアスに付与してあげるよぉ。防音効果があるから周囲に音は漏れないけど、周囲の音も聞こえないから気を付けて使ってねぇ？」

「分かった」

そうしてふわっと風が吹く。

生徒達の騒めきが戻ってきた。

「お待たせしてしまい申し訳ありません、ミランダ様」

そう声をかければミランダ様が微笑んだ。

「構いませんわ。夫婦の時間を邪魔するほど無粋ではございませんもの」

何やら勘違いされていた。

「あ、次の試合が始まりますわ」

そして訂正するタイミングを逃した。

……まあ、いいか。

次の試合はお義姉様とロイド様の戦いである。

＊　＊　＊　＊　＊

準決勝二戦目。お義姉様とロイド様が台の上に立つ。

二人とも微笑みを浮かべており、特に気負った様子もなく、いつも通りに見える。

「よろしくお願いします」

「よろしくお願いいたします」

ロイド様とお義姉様が互いに礼を執る。

そうして準備を整えて、審判の教師がそれを確認すると、試合開始の笛が吹き鳴らされた。

二人が同時に詠唱をする。

まずは定石通り結界魔法を展開させた。

お義姉様のあの雷の鞭が現れ、ロイド様の攻撃魔法が発動すると観客席がどよめいた。

何とロイド様が発動させたのは同じ光属性のライトニードルだった。

ライトニードルも雷魔法の一種だ。

ここに来て同系統魔法同士の戦いとなった。

どちらが勝つのか。どちらが強いのか。

一人は王太子の右腕で。一人は王太子の婚約者で。

観客席が期待と予想で盛り上がる。

「手加減はしないよ」

「ええ、わたくしもですわ」

そして二人の戦いが始まった。

お義姉様が鞭を振るい、それをロイド様がいくつかのライトニードルを使って防ぐ。

時にはライトニードルを剣のように扱いロイド様が攻勢に出て、それをお義姉様が鞭で払う。

甲高い音と雷同士のぶつかるバチバチという音が闘技場内に連続して響く。

どちらも譲らぬ攻防だ。

だがこのままでは勝敗が決しないと思ったのか、ロイド様が詠唱をし始める。

そこへすかさずお義姉様が鞭を振るった。

派手な音を立てて鞭が結界魔法に当たるけれど、ロイド様は冷静に魔力制御を行っているようで、結界魔法は全く揺らがない。

ロイド様が詠唱を終えるとお義姉様の陣地の上空が青白い光に包まれる。

ロイド様が手を振り下ろせば、頭上から青い柱のような雷がお義姉様の結界魔法へ何本も降り注いだ。

結界魔法にぶつかると地鳴りに近い音が響く。

ビリビリと空振が起こり、思わず、その音の大きさに誰もが耳を押さえた。

しかしそんな中でもお義姉様は悠然と微笑んでいた。

お義姉様の手が動く。

すると雷の鞭が太く変化しながらしなり、青白い柱の雷へ鞭が叩きつけられる。

バチィイインッと音がして青白い柱が途切れ、空中に霧散する。

「なっ……!?」

ロイド様の驚く声が聞こえた。

「この程度では生温いですわ」

お義姉様が鞭を振るう度に柱が消える。

ロイド様が眉を寄せながら詠唱を行った。

「ではこれではどうかな?」

土の槍に炎と雷を纏わせたものが空中に複数浮かぶ。

三種の属性魔法を混合したそれは、恐らくかなりの威力があるはずだ。

けれども、お義姉様の笑みは変わらない。

炎と雷を纏った土の槍がお義姉様の結界魔法へ容赦なく突き刺さっていく。

だが遠目にも槍の方が結界魔法に力負けしているのが見える。

「エカチェリーナ様も去年より強くなりましたね」

ミランダ様が感心したふうに「皆様、この一年でとても鍛えられたのですね……」と呟いている。

……うーん、どうだろうなあ。

チラとルルを見上げれば頷かれる。

もしかして、お義姉様も祝福の範囲内だったたり?

……ありえそう。

お義姉様はお兄様の婚約者だ。

何《いず》れ結婚すればわたしとは義理の姉妹になるし、家族とも言える。

それにわたしはお義姉様のことをもうお義姉様と呼んでいるので、既に家族と判断されている可能性もあった。

……絶対、あとで、訊こう。

お兄様とお義姉様に。

眼下で繰り広げられる光属性同士の戦いは熾烈を極めている。

……凄く眩しい……。

雷の鞭で応戦するお義姉様に、あの手この手で光属性魔法を駆使するロイド様。

どちらも魔力量、魔力制御ともに素晴らしいものだろう。

でも、ロイド様の方が押されている。

どの光属性魔法を使ってもお義姉様の鞭に弾かれる。

雷なので当然ながら高温の鞭は、ロイド様の結界魔法に当たるとジュウ……と音を立てている。

「強くなったね」

ロイド様が悔しげに言う。

それにお義姉様が笑みを深めた。

「アリスティード様との戦いはわたくしがいただきますわ」

「ごめんなさいね」と言い、お義姉様が詠唱をする。

すると銀色に輝く鞭が更に青白く発光し、バチバチと雷が飽和したように時折鞭から微かに飛び散る。

ロイド様も詠唱し、非常に分厚い土属性のウォールで自分の陣地を覆う。

お義姉様が鞭を振るった。

鞭がウォールへ触れた瞬間、巨大な雷が落ちた。

正確には鞭の雷がウォールに触れて電気が流れたのだろうが、ウォールは鞭に触れた部分が焦げて抉れたのだった。

ロイド様が即座にそこを修繕する。

しかし、構わずお義姉様が次の鞭を振るうため、修繕が間に合わない。

次第にボロボロになっていくウォールにロイド様が悔しそうに顔を顰めた。

そしてふっと笑った。

「あなたのような方が殿下のおそばにいてくださるなら、僕も安心だ」

そうして最後の一撃でウォールは砕け散った。

結界魔法までもが、巻きついた高温の雷の鞭によって砕かれてしまう。

あとはもう、蹂躙されるだけであった。

試合終了の笛が鳴る。

「腕を上げましたね、エカチェリーナ様」

「ええ、去年のわたくしとは違いますのよ」

「僕も更に鍛錬を積まないとね」

そしてお義姉様とロイド様の試合は、お義姉様の勝利で幕を閉じた。

つまり、決勝戦はお兄様とお義姉様の戦いとなる。

身を乗り出して試合を見ていたミランダ様が席に座り直すと、小さく息を吐いた。

「はあ……、こちらも凄い戦いでしたわ」

感心した様子でミランダ様が言う。

「そうですね、光属性同士の戦いなんて滅多に見ることはなさそうなのでドキドキしました」

「ええ、本当に」

二人で頷き合う。

これから少しの休憩を挟んで決勝戦となる。

きっとお兄様もお義姉様もあまり美味しくないという魔力回復薬を飲んでいることだろう。

あと一試合で対抗祭は終わる。

素晴らしい戦いを見た後だからか、休憩時間中も観客席は騒めきであふれていた。

＊　＊　＊　＊

一時間ほどの休憩の後、対抗祭最後の決勝戦が始まった。

お兄様とお義姉様が台の上へ立つ。

その途端に観客席から両者へ声援が送られる。

それに二人とも慣れた様子で手を振って応え、互いに手を下ろし、準備を終える。

審判の教師がそれぞれを確認すると笛を吹いた。

二人が同時に詠唱を始める。

ぶわっと風が吹いて二人から何かが発される。

それは目に見えないが、確かに二人から何かが風と共に闘技場全体に広がっていった。

瞬間、横にいたルルに力強く抱き締められた。

「ルル、今のな、に……」

見上げた先のルルは笑っていた。ただし、その灰色の瞳の瞳孔が開いている。

しかも痛いくらいにわたしを抱き寄せて、けれども、その視線は真っ直ぐに闘技場に向いたまま。

息を詰めたルルはまるで毛を逆立てた猛獣みたいだ。

押し付けられた胸から、恐らく少し速くなっているだろう心臓の音が聞こえてくる。

ドクン、ドクンと聞こえるルルの心音にわたしの心臓もつられるように速くなるのが分かる。

「ルル……」

もう一度呼べば、ハッとルルが見下ろしてくる。

「ああ、申し訳ありません」

腕の力が緩められる。灰色の瞳は普段のものに戻っていた。

「ううん、大丈夫――……」

バチィイインッと激しい音が響く。

音の方向へ顔を向ければ、お兄様とお義姉様の攻撃魔法が攻防を繰り返している。

お兄様が光属性魔法で生み出した無数の手がお義姉様の的へ向かうが、それをお義姉様の雷の鞭が薙ぎ払う。お義姉様の雷の鞭もまた、防御しつつ、お兄様の的を破壊するために鞭が振るわれる。

だがお兄様の光属性魔法の手が鞭を弾く。

二人が攻撃する度に、防御する度に、何か、よく分からないけれど何かが空気を震わせる。

それは音ではなく、でも空気が揺れるのを肌が感じる。

ルルの瞳孔は戻ったけれど、腰に回された腕はしっかりとわたしを引き寄せたまま離さない。

まるでお兄様とお義姉様を警戒しているようだ。

何なのだろうか、周囲を見回して遅ればせながらに気付く。

周りの生徒達もルルと似たように身構えている。

「あの、ルル、何があったの？」

チラと灰色の瞳が一瞬だけわたしを見下ろし、すぐにまた闘技場へ向けられる。

「あのお二人から魔力が放出されています。それもかなり高濃度のものです」

「魔力って、この肌に触る変な空気の揺れ？」

まるで見えない手で産毛を撫でられているかのような、微風を感じるような、そんな感覚だ。

「リュシエンヌ様にはそのように感じられるのですね……」

「ルルにはどんなふうに感じるの？」

ルルが珍しく一瞬押し黙った。

「……殺気」

その言葉に驚いた。

「殺気？」

「誰もが魔力を持っているのは知っていますね？　それ故に、人は普通、大なり小なり魔力を感知する能力を有しています。そして感情が昂ぶると魔力が放出されます。大抵の人間は負の感情で魔力が漏れるのです」

「負の感情って……」

「ハッキリ申し上げれば誰かを害したいなどの強い感情です」

「それって……」

慌ててお兄様とお義姉様を見る。

それは、つまり、今お兄様とお義姉様は互いに……。

「いえ、あのお二人が互いを害そうとしているわけではありません」

ルルの言葉にホッとする。

「ですが魔力放出というのは本来あまりないことです。そして魔力を放出して相手に浴びせると、それは殺気と受け取られることが多いのです」

……二人の魔力放出にルルもみんなも、殺気だと感じて身構えてるってこと？

「申し訳ありません、職業柄、殺気には反応してしまうのです。恐らく他の生徒達もそうでしょう」

「じゃあこの手は？」

「もしもあのお二人が闘技場を破壊するほどの高威力の魔法を放った時に、リュシエンヌ様をお守りするための準備です」

腰に回された腕は離れる気配がない。

そしてルルは話している間、一度もこちらを振り向かず、戦っているお兄様とお義姉様へ目を向けている。それだけ二人から魔力が漏れているということだ。

生徒達も固唾《かたず》を呑んで闘技場を見ている。

開始した時の歓声が嘘のように静まり返っていた。

「エカチェリーナ、こんなものか？」

光属性魔法で無数の手を操っていたお兄様が言う。

それにお義姉様も答えた。

「いいえ、まさか」

お義姉様が雷の鞭を振り上げて自身へ引き寄せる。

すると戻ってきた鞭の形が変化する。

それは弓へと変貌を遂げた。お義姉様は銀色に輝く巨大な弓を構えた。

その矢も当然ながら雷で出来ており、それを見たお兄様も両腕を持ち上げた。

その動きに合わせて無数の手が空気へ溶けて還るも、お兄様の手元に、お義姉様のものと同様の巨大な弓が出現した。そしてほぼ同時に雷と光の矢が放たれる。人が放つ矢と違い、魔法の矢はいくらでも連射が行えるため、数え切れないほどの矢がぶつかり合う。

よく見ると僅かにお義姉様が押されている。

お義姉様が詠唱を行い、結界魔法で的を守る。

「アリスティード様、本気でいかせていただきますわ」

お義姉様が更に詠唱をする。

お兄様が楽しそうに笑う。

「来い」

二人の矢の攻防が止む。

代わりにお義姉様の手から雷が空へと撃ち上がり、闘技場の上空全体が青白い光に包まれた。

そして天上から雷が振り下ろされる。落ちる、などという生易しい言葉では表現出来ないほどの光の柱がお兄様の陣地へ真っ直ぐに向かう。

だが、それが唐突に二つに割れ、的のない地面へ落ちた雷が凄まじい音を轟かせながら地面を深く抉り取った。光の柱が消えると、そこには空中に一振りの大剣が浮かんでいた。

刃から持ち手まで全てが漆黒の剣。

しかし微かに太陽の光をキラキラと細かく反射させている。

お義姉様が驚いた声を上げた。

「そんな、闇属性……!?」

そして驚きの声は観客席にいた生徒達からも上がった。わたしも驚いた。

何故なら、先ほどまでお兄様は光属性を自在に操っていた。

それはお兄様が光属性の適性が高い証明だ。

逆を言えば闇属性の適性は低くなるはずなのに、闇で剣を形成し、それによってお義姉様の発動させた高威力の光属性魔法を二つに断ち切ったのだ。

適性の低い属性の魔法でも多少は扱える。

しかし、剣を形作り、高威力の魔法に耐え得ることまでは不可能だ。

お兄様は光属性に高い適性を持ちながら、闇属性にもまた、高い適性を持っているということとなる。そのような事例が全くないわけではない。

けれども非常に珍しい。相反する属性への高い適性。

「今度はこちらから行くぞ」

お兄様が「構えろ」と続ける。

それに我へ返ったお義姉様がまた雷の鞭を生み出す。

ここまでで、かなりの魔力を消費しただろう。

遠目にもお義姉様の息が少し上がっているのが分かった。

お義姉様が構えると、お兄様が片手を上げた。

それと同時に漆黒の刃物が無数に出現する。大剣、長剣、短剣、ナイフ、色々あった。

「切り裂け」

お兄様が軽い動作で手を下ろす。

宙に浮いた漆黒の刃達が一斉にお義姉様の陣地へ降り注ぐ。それは剣の雨だった。

お義姉様は雷の鞭で刃を弾くが、数が多くて対処し切れず、いくつかの的が破壊される。

「どうして結界魔法を使わないの？」

これまでは使用していたのに。

「王太子殿下もクリューガー公爵令嬢も、無駄だと分かっていらっしゃるのでしょう。互いの魔法の前では結界魔法などガラス同然だと思います。それならば余計な魔法に魔力を割く必要はない、ということです」

ルルが闘技場を見下ろしながら教えてくれた。

……二人とも高威力の魔法を使えるから、結界魔法を張っても壊されるってこと？

無尽蔵に生み出される闇の刃にお義姉様が目に見えて劣勢になっていく。

「まだですわよ！」

それでもお義姉様は諦めない。苦しい状況でも詠唱をした。

そしてライトニードルを多数生み出すと、闇の刃の間を縫うようにお兄様の的へ向けて放った。

闇の刃のいくつかが方向転換し、ライトニードルの進路を塞いだが、ライトニードルはそれらの刃を切り裂いて的へ襲いかかる。ピシャァアアンッと雷の弾ける音が連続して耳を襲う。

雷の光の筋が見えた。スローモーションのように、ゆっくりとそこから先の動きが分かった。

闇の刃を切り裂いたライトニードルが的の目前へ迫る。

その瞬間、全ての的の前に水溜りのような闇が縦向きに生まれた。

ライトニードルがそこへ吸い込まれる。

次の瞬間、吸い込まれたライトニードルが同じ場所から飛び出し、魔法の発動者であるお義姉様の方へ飛んでくる。お義姉様が慌ててライトニードルを消す。

ライトニードルが消えた途端、その下から漆黒の剣が現れ、お義姉様の的へ容赦なく突き刺さる。

刃が的を破壊する音が闘技場内に響く。

そのすぐ後に鋭く笛の音が鳴った。試合終了の合図だった。

「……わたくしの完敗ですわ」

お義姉様が苦笑する。

闘技場が観客席にいた生徒達の歓声で揺れ、そのあまりの声の多さに思わず耳を塞いだ。

先ほど見た光景を思い出す。

「……魔法を反転させた？」

反射の魔法というのは確かにある。

だが、それは水属性の氷魔法か光属性で鏡のようなものを生み出して、向かってくる魔法を弾くだけだ。あのように、放った相手の方向に、狙った物に、正確に当たるような魔法ではない。

頭上からルルの呟きが聞こえた。

「やるじゃん」

それは素直な賞賛の言葉だった。

見上げればルルが愉快そうに目を細めていた。

「そのような使い方をするとは」

……あ、外面に戻った。

先ほどの言葉は思わず出たものだったらしい。

今日はルルの珍しいところをいくつも見る日だ。

気付けば、あの肌の表面を撫でるような変な感触はなくなっていた。

「ねえ、あれ反射魔法じゃないよね？」

こっそりとルルへ問う。

ルルが頷き返し、わたしの耳元に顔を寄せる。

「あれは闇属性です」

「闇属性でも反射なんて出来るの？」

そんなこと、これまで読んだどの魔法書にも載っていなかった。

「正確に言えばあれは反射ではありません。……空間魔法が闇属性なのは知っておられますか？」

「うん」

「あれはその応用です。空間魔法の中では時間が進みません。そしてそれは魔法もそうなのでしょう。一度ライトニードルを空間魔法で収納し、それを角度と向きを変えて取り出した。取り出されたライトニードルは入った時の威力を維持しながら飛び出したというわけです」

……それ、かなり色々と問題のある魔法じゃない？

空間魔法に魔法も収納出来るということは、事前に魔法を入れておけば、空間魔法の詠唱だけでいくつもの魔法を展開することが可能になる。そして魔法は本人のものでなくとも構わない。

たとえ空間魔法しか使えない人だったとしても、他の人に魔法を発動してもらってそれを取り込めば、自分の扱えない属性の魔法も使えるだろう。しかも攻撃魔法が発動出来ないように結界魔法を展開させても、空間魔法ならばそれに引っかからない可能性は高い。

空間魔法に生き物は入れられない。

だが、まさか魔法を収納するなんて驚きの発想だ。

「お兄様……」

何とも言えない感情が湧き上がる。

わたしは優秀と言われてきたけれど、それは、前世の記憶もあるおかげだ。

しかしお兄様は違う。こういう人を本物の天才と言うのだ。

もしもわたしの加護の影響で祝福を受けていたとしても、力を使いこなせなければ意味がない。

「闇属性の魔法について教えてくれと言われましたが、これは予想外の方法でした」

あのルルでさえ、驚いている。

「ルルが教えたの？」

「いえ、私がお教えしたのは闇属性の操り方と空間魔法だけです。しかも私がお教えした時は精々剣を五本程度出すくらいしか維持出来ておりませんでした」

「じゃあ、お兄様はそれから練習してあそこまで使いこなしたということ？　この一月の間で？」

「そういうことになりますね」

頷いたルルの灰色の瞳が怪しく光る。

それは、闇ギルドランク一位の者と手合わせをしたいと言っていた時と同じに見えた。

……ルルって結構な戦闘狂だよね。

強い相手を見ると確かめたくなるのかもしれない。

闘技場を見下ろせば、あの激戦などなかったかのようにお兄様が手を振って歓声に応えている。

お義姉様が先に台から下りた。

対抗祭優勝者が決定した瞬間だった。

＊　＊　＊　＊　＊

「お兄様、もしかしてお兄様も祝福を授かったのではありませんか？」

離宮に帰った後、やって来たお兄様に問う。話をするために既に人払いは済ませてあった。

対抗祭はお兄様の圧勝だった。

剣武会もあり、そちらも終了してから、最後に合わせて両方の優勝者達にトロフィーなどが学院長より贈られる。これでお兄様も確実にそれを受け取ることになる。

ズイ、と身を乗り出したわたしにお兄様が頷いた。

「ああ、そうみたいだ」

なんてことないふうに返されてムッとしてしまう。

「そんな大事なことをどうして教えてくださらなかったのですか？」

思わず頬を膨らませたわたしにお兄様が苦笑する。

「すまない。言えばリュシエンヌの重荷になるのでは、と父上と話してな。それに加護の影響がどこまで広がるかも分からないし」

「それはそうかもしれませんけど……。お父様にも祝福はあったのでしょうか？」

お兄様にあって、お父様にない、ということはないと思うが。

「ああ、あるみたいだ」

ルルが祝福を受けるのはわたしの夫だからであって、お父様やお兄様も受けたと聞けば、どこまでの人がその対象になるのかと不安もあっただろう。

てっきりルルだけだと思っていた。

でも、わたしが気付かないだけで、実は他にも祝福を授かった人がいるかもしれない。

そこまで考えて思い出す。

「お義姉様も去年より強くなっていらっしゃるとお聞きしましたが、もしかして……」

お義姉様も祝福を授かったのでは。

お兄様が一つ頷いた。

「恐らくそうだろう。試合の後にエカチェリーナに尋ねてみたが、夏季休暇の後から随分と調子が良いらしい」

その言葉に小さく息を吐く。

「やっぱり」

「本当はリュシエンヌの周りの人間についても調べたいところだが、あまりおおっぴらに行うと不審がられるからな。今のところ分かっているのはルフェーヴルと父上、私、そしてエカチェリーナだけだ」

「お父様とお兄様は家族だからですが、お義姉様は将来家族になる予定だからでしょうか？」

「そこはリュシエンヌがエカチェリーナを義姉と認めているからというのもあるだろう」

……そうだよね。

わたしがお義姉様と認めているのは大きいだろう。

でも、これは良いことなのだ。

命を狙われやすい王族。お義姉様とて王家へ嫁げば例外ではない。

自分の身を守れるだけの力があるというのは、お義姉様にとってもかなりプラスなことだと思う。

「祝福はどのようなものだったんですか？」

ルルが結構凄かったので、お兄様やお父様もかなり良い加護を得られたのではないだろうか。

「恐らくだがルフェーヴルと同様に身体能力の向上と魔力の倍増、それから精霊との親和性も高くなったようだ」

「具体的に言うと？」

「今までは適性の低かった属性が、今は適性が高くなって使えるようになった」

お兄様は火属性が最も適性が高いと聞いたことがあった。

そして火属性の適性が高い者は、光や風とも適性が高いことが多い。

逆に土や水、闇属性とは相性が悪い。

でもお兄様は今日の試合で土属性魔法も闇属性魔法もかなり高度で高威力のものを駆使していた。

「……お兄様、今、苦手な属性はありますか？」

まさか、と思いつつ問う。

「いや、ない。以前はあまり使えなかった水属性も今はそれなりに使えるしな。土と闇は今日の試合の通りだ」

「それって、全属性の適性が高いということではありませんか！」

適性が低くとも、大抵の人は初級魔法くらいは使用出来るらしい。

だがそれ以上となると適性が高くなければ使えない。

そして、全属性の適性が高い人間というのは珍しいものなのだ。

少なくとも、わたしが知る限り全属性の適性が高い人間は宮廷魔法士長だけだ。

そこまで考えてハッとする。

「まさかルルも？」

わたしの横に腰掛けていたルルが小首を傾げる。

「ん〜、オレは元からどの属性とも適性が高かったからぁ、加護の影響はちょ〜っと分かんないかなぁ」

「え」

「何？」

わたしとお兄様の声が被る。

……え、ちょっと待って。

「ルルって全属性持ちだったの⁉」

……初耳なんだけど！

「あれ、言ってなかったっけぇ？」

「聞いてないよっ」

……全属性に適性が高いのもう一人いた！

こんな近くにいるなんて気付かなかった。

思い返せばルルは、わたしの考えた新しい魔法とか既存の魔法とか、よく試しにやって見せてくれていた。何気なくサラッとやってくれていたから何の疑問も感じなかったけれど、全属性の適性が高くなければ出来ないことだ。

当の本人は「ごめんねぇ？」と悪びれなく言っている。

「その身体能力に全属性持ち……」

お兄様が半ば呆然とルルを見る。

……うん、その気持ち分かる。

ただでさえチートっぽかったルルが更にチート感が増したとは思ったけど、元々のチート具合を知ると余計に今のルルの強さが桁外れに思える。

「そういえば、ルル、闇ギルドのランク一位の人と戦ってみたの？」

以前に手合わせしたいと言っていたが。ルルが珍しく残念そうに首を振った。

「まだだよぉ。向こうもランク一位なだけあって忙しくってさぁ、なかなか捕まえられないんだよねぇ」

「そうなんだ」

それにランク二位のルルがここにいる。

ルルの受けなかった依頼を一位の人や三位の人が受けている可能性もある。

……そうだとしたら少し申し訳ないかも。

でもルルと離れるのは嫌なので、是非とも頑張っていただきたい。

「ねえ、ランク一位の人ってどんな人？」

「え～っとぉ、性格は物凄く明るいっていうかぁ、陽気な奴でぇ、身体能力が物凄く高くて大柄でぇ、魔法はあんまり使えないけど身体強化だけは得意な感じかなぁ。東の国の出身で刀を使ってるよぉ」

東の国は実は昔の日本に近い感じの国だ。

……っていうか、まんま日本だよね。

服が和装だし、箸を使って食事をするし、言葉や文字も日本語で、そういうところは変だなと思う。似て非なる世界だけど、ゲームっぽさというか、ご都合主義感がある。

それはともかく、国としてはきちんと歴史もあって、国民性も日本人に似ていて、なかなかに趣深く懐かしい国なのである。

「闇ギルドって他国出身の人は多いの？」

「多いよぉ。半分以上は他国の人間かなぁ。まあ闇ギルドなんてところに入るような奴は大抵後ろ暗いところのある奴ばっかりだしねぇ。でもぉ、そういう詮索自体しないのが暗黙の了解なんだぁ」

「なるほど」

ルルの言葉に納得してしまう。

きっと元罪人とか、何かあって国を追われた人とか、他国や自国に拘らず、訳ありの人達ばかりなのだろう。他人への詮索をしない代わりに自分もされない。

そうすることでお互いあまり関わり過ぎないようにしているのかもしれない。

「私の前であまり闇ギルドの話はしないでくれ」

お兄様が困ったように眉を下げる。

「ごめんごめぇん、闇ギルドはギリギリ合法なんだっけぇ？」

「そうだ、あそこ《あそこ》は表向きは便利屋ギルド《トゥットファーレ》だろう？　まあ、内情を知る者は皆、闇ギルドと言ってしまっているがな」

「え、闇ギルドって名前ではないんですか？」

つい聞き返したわたしにお兄様とルルが笑った。

「さすがにそんな分かりやすい名前で登録はしない」

「そもそも『闇ギルド』なんて名前にしたら絶対認められないよぉ」

……それもそうか。

確かに『闇ギルド』なんて名前で登録をしようとしても、普通は許可が下りないだろう。

でも便利屋《トゥットファーレ》とは上手いこと言ったものだ。

「だってお兄様もルルも、お父様だっていつも『闇ギルド』って言ってるから」

二人が顔を見合わせる。

「……そうだったか？」

「……そうだったかもぉ？」

「それは私達が悪いな」

「そうだねぇ」

お兄様とルルがクスクスと笑う。

……もう！

「二人とも笑い過ぎです！」

なかなか笑いが収まらない二人に怒る。

言われてみれば違法ギリギリ、何なら違法なこともしてるギルドが『闇ギルド』なんて分かりやすい看板を出しているはずがないのだけれど。

それにしたって笑い過ぎだ。あんまり笑われると恥ずかしくなってくる。

多分、今、わたしの顔は赤い。ルルの手がわたしの頭を撫でる。

「ごめんねぇ、リュシーがあんまりかわいいからつい笑っちゃったぁ」

「そうだな、すまない。リュシエンヌがかわいいものだから、つい、な」

「……二人とも、本当に悪いと思ってる？」

「思ってるよぉ」

「ああ、思ってる」

笑顔の二人はとてもわたしに対して悪いと思っている感じがしないのだが。

……まあ、いいか。勘違いしていたのはわたしのほうだし。

闇ギルドの正式な名前は便利屋《トゥットファーレ》ギルド。

うっかり他の人の前で闇ギルドと言ってしまわないように気を付けよう。

そもそも闇ギルドについて話をするのはルルとお兄様とお父様の三人くらいのもので、他の人と話した記憶はない。

「ほらほらぁ、機嫌直してよ、リュシー」

ルルに差し出されたクッキーへかじりつく。

仕方ないから流されてあげよう。

剣武会

対抗祭六日目。剣武会初日。今日は一回戦と二回戦が行われる。

お兄様とミランダ様も出場するので、今日は二人は傍にいない。

代わりに左右をロイド様とルルに挟まれている。

「剣武会は剣の腕を競うんですよね？　魔法の使用は良いんですか？」

「ううん、魔法は基本的に使用禁止だよ。唯一許可されているのは身体強化と結界魔法だけど、結界魔法はあくまで身の危険を感じた時の使用のみに限られていて、結界魔法を使うのは負けを認めるのと同じだと判断されるね」

「そうなんですね」

剣武会は生徒同士で剣の腕を競う大会だ。

各学年から五名ずつ選出される。その十五名が対抗祭と同じくトーナメント形式で戦い、勝ち抜いた者が一位、次が二位、そして同率三位となる。使われる武器は木剣のみ。一応対戦する生徒同士も魔道具を身に着けている。

魔道具を持つ対象者が、ある一定の衝撃を受けた時に対象者の受けた衝撃を一度だけ代わりに受けてくれるものだという。それ以外の傷は試合の後に治療してもらえる。

「怪我をするかもしれないんですよね？　大丈夫ですか？」

と続けると、ロイド様が頷いた。

「剣の打ち合いで怪我をするのは普通だよ。それに多少の怪我は治癒魔法で治せるしね」

「そう、なんですね……」

この世界は剣と魔法があるファンタジーな世界。

だから試合で多少の怪我を負っても、それはさして問題にはならない。

治癒魔法を使えば大抵の傷は治る。

……わたしは治癒魔法が効かないけど。

そのせいか、自分だけでなく、他の人が怪我をするのも実を言えばちょっと怖い。

治癒魔法の効かないわたしはファイエット家に引き取られて以降、ずっと、怪我をしないように周囲の人々に配慮してもらっていたのだ。

それでもファイエット邸にいた頃は走り回ったり、高いところに登ったりしていたが、今思えば周囲の人々はハラハラしたことだろう。

「治癒魔法が得意な先生方も待機してくださっているから大丈夫。……ほら、始まるみたいだよ」

ロイド様が闘技場を指で示す。

顔を向ければ、生徒同士が木剣を持って向かい合っているところだった。

闘技場の上空に球体が浮かんでいる。

そこから四方に映像が出ており、観客席から離れた闘技場の中の様子が拡大されて映されている。

……テレビみたい。

こういう魔法はあるのに、電話みたいな離れた距離で会話するような魔法はないんだよね。

離れていても話せたら良いのに。

…………作ってみようかなぁ。

魔法としてないということは、構築するのがかなり難しいのだろう。

でも、もしも通話魔法が使えるようになったら。

テレビ電話みたいな、映像魔法が使えるようになったら。

離宮を離れた後もお兄様やお父様と話をしたり顔を見たりすることが出来るのではないだろうか。ルルが仕事で出かけていても、連絡を取り合うことが可能になる。

……うん、決めた。絶対作る。

ルルと離れていても、顔が見れたり、声が聞けたりすれば、それはわたしにとってもルルにとっても嬉しいことだと思う。

「ルル、メモ用の紙持ってる？」

横にいたルルへ問えば頷き返された。

「ありますよ」

空間魔法から取り出した紙とペンを渡される。

それを受け取って、まずは闘技場の上空に浮かんでいる球体から展開している魔法式を書き写す。

複数の魔法が複雑に交じり合った魔法だ。これだけでも生み出すのに苦労しただろう。

……これはここと繋がって、こっちの魔法はこっちの魔法と対で。……なるほど、指定した範囲の場所を映し出してるんだ。じゃああの球体から映し出されるのは今のところ、この闘技場内だけ？

写し取った魔法式を分解して調べていく。

……この魔法式、面白い！

本来の魔法は複数の魔法を重ねがけする感じで、他の魔法と効果がぶつかったり被ったりしないように調整していくものだ。たとえるなら普通の魔法式の構築方法はブロックを重ねたり、組み合わせたりして、全体の形を整えていく感じなのだ。

だがこの魔法は違う。こちらをたとえるなら、こうしたいという形がまずあって、それに合わせて魔法を配していくというか。まるで機械の配線みたいな組み立て方なのだ。元より被ったりぶつかったりする魔法がない。

単純な一つ一つの魔法をいくつも組み合わせて、自分の望んだ魔法に組み上げている。

「あー……えっと、リュシエンヌ様？」

この魔法式だと組み合わせる魔法の数が凄く多い。

けれども、単純な魔法だけだからこそ魔法同士のぶつかり合いが少ないのだ。

複数の効果を持つ複雑な魔法はいくつも組み合わせようとすれば、当然、効果の被る部分が増えてしまう。この組み合わせ方は恐らく原始的な方法だ。

多分、学院創立当初とか、それくらい昔に組み上げられた魔法だと思う。

大雑把に似た効果を生み出すだけならば、既存の魔法が四つもあれば出来上がるだろう。

ただしそれは魔法同士がぶつからなければという前提がある。

実際に組み立てようとしても上手くいかない可能性が高く、無理に組み合わせても発動しないかもしれない。その点、この昔ながらの組み合わせ方は良い。組み合わせる魔法の数が膨大になる代わりに、ぶつかりそうな魔法同士を使わなければ問題が出ない。

……凄い、一体いくつ魔法を使用してるんだろう？

同じ効果の魔法だけでも既に三種類はあった。

それらは効果の出るタイミングが絶妙にズラされていて、しかし同じ効果のある魔法なので複数あってもぶつかることはないのだ。

現在の洗練された魔法式とは違い、みっちりと詰まっていて、一つ一つの魔法に分解するだけでも時間がかかる。その分解がとても楽しい。

……これが映像に関する魔法で――……。

「リュシエンヌ様」

スッと持っていたペンを奪われる。

「ミランダ様の試合が始まりますよ」

そのルルの言葉にハッと我へ返る。

顔を上げれば横にいたロイド様が困ったように微笑んでいた。

「何をしていたんだい？」

その問いに答える。

「あの映像魔法を分解していました」

「あんな古い魔法を？」

「はい、興味が湧いたので」

でもミランダ様の試合が始まるならやめよう。

ルルがわたしの手元の紙を回収して、空間魔法へ収納してくれた。

離宮へ帰ったら続きをやろう。

闘技場の真ん中でミランダ様と対戦相手の生徒が向かい合って、剣を構える。

相手の生徒は正面へ両手で剣を構えている。

ミランダ様は片手で木剣を構えている。剣先は僅かに右側に傾いていた。

そこから試合開始の笛が鳴る。

じりじりと二人がすり足で距離を詰め、ミランダ様がグッと足を踏み込み、前へ出る。

……速い！

カンッと剣同士がぶつかり合う。相手がそれを受け止め、流す。

どうやらミランダ様はスピード型のようだ。

男性と女性では、どうしても女性のほうが筋力が低く、腕力は劣ってしまう。

ミランダ様はそれを俊敏さで補っている。

相手は一年生なのか身長はミランダ様と同じくらいだが、体格ではミランダ様よりもがっしりとしており、一見すればミランダ様の方が負けてしまいそうだ。

それにも拘らず、負けていない。むしろ押している。

カンッ、カキィンッ、剣の音が響く。

ミランダ様の動きはまるでダンスだ。

水が流れるように、風が吹くように、その動きは非常に軽快で重みを感じさせない。

けれど、ぶつかり合う音は鋭い。

相手が剣を打ち込めば、ミランダ様は地面を蹴ってくるりと回転しながら避ける。

その表情はとても楽しげなものだ。

「ミランダ、楽しそうだね」

そう言ったロイド様が目を細める。

キィイインッと一際甲高い音を立てて、相手の剣をミランダ様が弾き飛ばした。

その瞬間、わっと歓声が上がった。

応えるようにミランダ様が手を振る。

「ロイド様も嬉しそうですよ」

ロイド様がこちらを向き、そして照れた表情を浮かべると視線をすぐにミランダ様へ戻す。

「嬉しいよ。愛する人が楽しそうにしていて、嬉しくないわけがない。でも、あの表情を出したのが僕じゃないのは少し悔しい。……男の嫉妬なんて見苦しいって分かってるのに」

どこか切なそうにロイド様が呟く。

その横顔は、ミランダ様に恋い焦がれていますと物語っていた。

出会った当初のロイド様は考えの読めない、いつも同じ微笑みを浮かべている人だった。

今のロイド様は昔に比べると、感情が読み取れるようになった。

いつもそうというわけではなく、親しい人の前ではという前置きがつくけれど、何というか、以前よりも生き生きしてる。

「そうでしょうか？　嫉妬するほど愛されて、案外嬉しいかもしれませんよ？」

きっとミランダ様は話を聞いて顔を赤くするだろう。

ちょっと戸惑って、でも、多分、喜ぶと思う。

「そうかな？」

「そうですよ。確かに嫉妬も過ぎれば醜いかもしれません。だけど全く嫉妬がない愛なんて、それは愛じゃないと思いますよ」

ロイド様が振り向いた。

「リュシエンヌ様もニコルソン子爵のことで嫉妬することはあるのかい？」

「あります」

「即答だね……」

横で黙っていたルルの腕を引く。

そして近付いたルルの顔を手で示す。

「見てください。この顔にこの紳士的な振る舞いですよ？　女性が放っておくと思いますか？」

ルルが困ったように僅かに微笑む。その明らかに困ってますという微笑もいい。

貴族の男性はどちらかというと中性的というか、美しい顔立ちが一般的に好まれる。

精悍《せいかん》な顔付きの漢みたいな男性よりも、女性みたいに繊細な顔付きの男性の方が人気が高い。

そして、それで言うとルルはまさに後者である。

しかもスラリと背が高く、手足も長くてスタイルが良く、細身に見えるけれど実は必要な筋肉はしっかりとあるタイプ。

「ああ……」とロイド様が納得した顔をする。

「もしかして、ニコルソン子爵に言い寄る女性は多いのかな？」

「少なくとも十二歳で離宮に居を移して以降、ルルに言い寄ったメイドだけでも両手の指以上の数はいましたね」

「そうなんだ……。えっと、その、ちなみに言い寄ったメイド達がどうなったのか訊いてもいい？」

「殆どは異動か解雇しました」

ロイド様の笑みがピシリと固まり、ルルを見た。

ルルがうんうんと肯定の頷きをする。

「一応言っておきますが、きちんと注意を行い、警告して、それでも諦めてくれなかったので異動や解雇という最終手段になったんです」

「あ、そうなんだね」

ロイド様が申し訳なさそうに眉を下げた。

わたしがルルに言い寄ったメイドを片っ端から異動させたり解雇させたり、権力を振るったと思ったのだろう。

「ごめん、つい……」

まあ、普段のわたし達の様子を知っているからこそ、そう考えてしまうのも無理はない。

自分でも驚くくらい、わたしはルルが好きだ。もはや執着とか依存とか、そういう類いである。

「いえ、実際、警告を聞かなかった者は容赦なく離宮から追い出したので勘違いではありません」

「いや、それは注意や警告を聞かなかった者達が悪い。そもそも主人の婚約者に懸想して言い寄るなんて使用人にあるまじき行いだからね。追い出されても当然だよ」

「そう言っていただけると助かります」

ロイド様の言葉にルルがまたうんうんと頷く。

そこでふと思う。

「ミランダ様も言い寄る男性が多いのではありませんか？」

「ああ、まあ、いるね。だからよく牽制してるよ」

「そこはしっかりしてるんですね」

ニコ、と微笑むロイド様の笑みはどこか黒い。

昔より腹黒度が減ったかと思ったが、以前よりも隠すのが上手くなっただけだろう。

そんな話をしているうちに一回戦は終わりを告げた。

お兄様の試合を見逃したかと焦ったけれど、トーナメント表を確認すると、お兄様は一回戦を行わない番号だった。

「あれ、お兄様は一回戦がないんですね」

「対抗祭と同じだよ。去年の優勝者は一回戦を免除されるんだ。人数の問題もあるけれどね」

「この人数だと最初に一人余ってしまいますよね。そこに優勝者が入る、と。……お兄様、去年の剣武会も優勝していたんですか」

対抗祭でも優勝して、剣武会でも優勝して、お兄様って文武両道すぎる。

……お兄様も大概チートだよね。

「うん、本当、凄いよね」

ロイド様の言葉にわたしも頷いた。

＊　＊　＊　＊　＊

「リュシエンヌは観客席で何をしていたんだ？」

お兄様達と合流すると、そう問われた。

どうやら下からでもわたしの姿が見えたらしい。

「闘技場の上空に浮かんでいる、あの映像魔法を書き写して調べていました」

「だからずっと下を向いていたのか。周りの人間が闘技場を見ているから、一人だけ俯いているのが目立ってたぞ」

「あの映像魔法を基に更に新しい魔法を作れないかと思って分解していたんです」

そう答えたわたしに「全く、リュシエンヌらしい」とお兄様が苦笑した。

「でもミランダ様の試合は見ましたよ。まるで踊っているような軽快な動きでかっこよかったです」

「リュシエンヌ様にそう言っていただけて嬉しいですわ」

ミランダ様が嬉しそうに笑う。

あの軽やかで流れるような動きは多分、誰にでも出来るわけではないだろう。

……ミランダ様って豊満で女性的な体形をしているけれど、もしかして剣を扱うために鍛えるおかげでこんなにメリハリのある体なのかな。

ロイド様がミランダ様に微笑む。

「本当に綺麗だったよ。僕が相手になれないのが残念なくらいだ」

ミランダ様が照れたように視線を外す。

「ロイド様はお世辞がお上手ですのね」

「お世辞じゃないよ。それにこんなこと、ミランダにしか言わない」

「まあ……」

と、二人がイチャイチャしていた。

それをエカチェリーナ様が合流するまで、お兄様とわたしは微笑ましく眺めていた。

＊　＊　＊　＊

午後になり、二回戦が始まった。

今度はさすがにきちんと観戦しようと思い、トーナメント表を見やる。

…………あれ？

もう一度まじまじと見る。見覚えのある名前がお兄様とミランダ様の他にあった。

……エディタ様とケイン様も出るんだ。

二人とも、一回戦を勝ち進んでいる。

エディタ様はアンリの婚約者で、ケイン様はわたしとお兄様が何度も慰問に訪れているフレイス孤児院の男の子だ。エディタ様もケイン様も普段あまり関わりはない。

エディタ様は三年生だけど、生徒会ではないので昼食を一緒に摂ることもなく、そもそもアンリもあまり昼食の席には来ない。

「そういえば、エディタ様とロチエ公爵令息はいつも昼食の席に来ませんよね？」

横にいるロイド様へ訊いてみる。

「うん、アンリは一年生だから第二校舎の三階まで来るのは大変だろうし、アルヴァーラ侯爵令嬢は生徒会ではないからね。でも二人は一緒にカフェテリアで昼食を摂っているらしいよ」

「仲が良いのですね」

「そうだね、あの二人も前よりかなり打ち解けている感じがするよ」

婚約者と仲が良いのは喜ばしいことだ。

話していると闘技場の中に生徒が二人現れる。

……あ、ケイン様。

数年前に孤児院で一緒に遊んだ時から彼はかなり成長した。背も伸びて、細かった体も筋肉がついて、気の強そうな顔立ちも精悍さが増している。

原作では剣武会にはお兄様とレアンドルが出場していたけれど、ここでも変化があった。

……第一、ヒロインであるオリヴィエ＝セリエールも対抗祭にはいなかったっけ。

オリヴィエは謹慎中なのだ。そしてレアンドルも剣武会で選出されなかった。

原作とは大分違っている。

闘技場の中央で対戦相手とケイン様が剣を構える。対戦相手は片手で真正面に構え、ケイン様は片手を腰の後ろに添え、もう片手で剣を横向きに構える。変わった構え方だ。

「へえ、あの茶髪の一年生は双剣使いらしい」

ロイド様の言葉に訊き返す。

「でももう一本がありませんよ？」

「剣武会は剣一本が原則だから」

試合開始の笛が鳴る。

じりじりと対戦相手がケイン様へにじり寄った。そして踏み込む。

対戦相手の剣が下から振り上げるようにケイン様へ襲いかかった。

カァンッと音がして、ケイン様がそれを脇へ弾く。

更に相手が追撃する。

上から、右から、左から、連続して振り下ろされる剣をケイン様は冷静にいなしている。

「凄いね、彼。最小限の動きしかしてないよ」

ロイド様が感心した様子で言う。確かにケイン様はあまり動いていない。

逆に対戦相手は剣を振り回して少し息が上がっており、何度向かっても攻撃が通じないことで焦っているふうでもあった。

キンッ、ガンッ、キィンッと剣のぶつかる音が響く。

この時点でどちらが優位なのかは言うまでもない。

どれだけ打ち込んでも通らない。対戦相手の顔が顰められる。

「かかってこい！」

その言葉にケイン様が頷いた。

「分かった」

ケイン様がやや姿勢を低くする。グッと地面を踏み締め、前方へ駆け出した。

対戦相手も剣を構える。

右斜め下から上へ、振り上げるようにケイン様が剣を相手の剣へ叩きつける。

バキィッと大きな音がした。

同時に、真っ二つになった対戦相手の剣の破片が少し離れたところへ落ちた。

対戦相手は受け止めきれなかったのか後ろへ尻餅をつき、剣を手放した。

その首筋にケイン様が自身の剣を突きつける。

試合終了の笛が鳴った。

「一撃で……」

「強いね」

力業と言えばそうなのだが、剣をへし折るなんてそう簡単なことではない。

しかもケイン様は剣を振るった時でさえ片手だった。

もし両手で構えて打ち合ったなら、一体どれほど強い衝撃に見舞われることか。

笛が鳴るとケイン様は剣を下げて、座り込んでいる相手へ手を差し出した。

相手は悔しそうな顔をしつつもその手を取った。

そして立ち上がると互いにそのまま握手をして、対戦相手は一礼すると下がっていった。

ケイン様もそれを見送ると下がる。

「腕力も凄いけど、彼は良い目を持ってるんだと思うよ。相手の剣筋を全て受け流していたでしょう？　恐らく相手の動きが全部見えているんだよ」

「凄いですね……」

「うん」

魔法のあるこの世界だが、剣も魔法と同じくらい重要視されている。

理由は簡単だ。近接戦では剣のほうが強い。

魔法は魔道具を使用しない限り、どうしても詠唱を行う分、間が空いてしまう。

剣技に長けた者ならば、詠唱の間に距離を詰めて相手を殺すことが出来る。

魔法が威力を発揮するのは相手と距離がある場合で、近接戦では剣のほうが確実に速い。

あれほどの腕力なら一撃で相手の首を断てる。

「一年であれか。今後が楽しみだね」

ロイド様の言葉に頷く。

「ケイン様はお兄様の騎士になりたいそうです」

「彼を知ってるの？」

振り向いたロイド様に頷き返す。

「はい、お兄様とよく慰問に訪れている孤児院の子です。お兄様とも仲が良いようですよ」

「そうなんだ、今度話しかけてみようかな」

何かを考える仕草を見せた後、ロイド様がそう言った。

そして次の試合に移る。次はエディタ様の試合だ。

スラリと背が高く、凛とした面差しが男性顔負けにかっこいいエディタ様が登場すると、観客席から黄色い声が上がる。「エディタ様ぁ！」「アルヴァーラ様〜！」とかけられる声にエディタ様が騎士の礼を執ると、更に黄色い声が沸き起こる。

「す、凄い人気ですね……」

「彼女は一年の時からあんな感じで女生徒からの人気が凄いんだ」

「なるほど」

言いたいことは分かる。エディタ様は女性だと分かっていてもかっこよい。

……エディタ様、ファンクラブとかありそう。

「ロチエ公爵令息は大丈夫なのでしょうか？」

あのエディタ様に婚約者なんて〜、とか言い出す人はいないのだろうか。

「アンリはあの容姿だから、むしろ好意的に見られてるみたいだよ」

……ああ、そうなんだ。

アンリはわたしと同じ歳だけど、身長は実はわたしと同じくらいなのだ。

わたしが女性にしては長身なだけなのだけれど、エディタ様はそのわたしよりも更に僅かだけど背が高い。線が細くて可愛らしい顔立ちのアンリと女性にしては背が高くてキリリとした顔立ちのエディタ様。ある意味では釣り合いが取れている。立場としては逆転しているが。

エディタ様の人気に対戦相手がちょっと引いてる。

……うん、あれだけ黄色い声援が凄いとね。

それでも剣を構え合えば声援はやんだ。

試合開始の笛が鳴り響く。

エディタ様は片手を拳にして腰の後ろへ当て、もう片手で剣を真っ直ぐに構えている。

相手が打ち込んできた。ガツンと強くぶつかる音がする。

ギリギリと鍔《つば》迫《ぜ》り合《あ》いをしているが、エディタ様はそれでももう片手を使おうとはしない。

それどころかキンッと相手の剣を軽く弾いた。

相手はエディタ様とそう変わらない身長だ。

剣のぶつかり合う音が響く。相手はどうやらムキになっているようだ。

とにかく打ち込むのだけれど、エディタ様は全て受け止めている。

あの細身のどこにそれだけの力があるのか。

思わずルルを見れば「ん？」と小首を傾げられた。

それに何でもないと首を振って視線を戻す。

エディタ様は一歩もその場を動いていない。

「……ふむ」

それまで剣を受け続けたエディタ様が首を僅かに傾けた。

そして半歩前へ出る。

「貴殿はまず、構えが甘い」

カァンッと剣を弾き、エディタ様が己の剣の腹で相手の肘を軽く叩いて脇を締めさせる。

相手が驚いた顔をする。

「それに相手の動きを見ていない」

エディタ様が初めて打ち込んだ。

相手は慌ててそれを受け止める。

「そして握りも弱い」

鍔迫り合っていた剣をエディタ様が絡めるようにぐるりと手元で回すと、軽い動作で上へ振り上げた。すると相手の手からするりと剣が抜ける。からん、とそれが地面へ落ちた。

相手は自分の手と剣を交互に、ありえないものでも見るかの如く呆然と眺めている。

「腕力だけでは剣は振るえないぞ」

エディタ様が剣を下ろす。

試合終了の笛が鳴った。

「対戦相手は精神的にやられましたね」

エディタ様は始終淡々としていた。

非常に冷静だった。冷静に相手の欠点を指摘し、そこを攻めた。

やられたほうはきっと精神的ダメージ大だろう。

ロイド様が微妙に引きつった笑みで頷いた。

「あれはちょっと、ね」

「まるで教育でしたね」

「まるでというか、多分、アルヴァーラ侯爵令嬢はそのつもりだったと思うよ」

……ですよね。

試合を終えて、対戦相手の生徒ががっくりと肩を落とした。

エディタ様が「欠点を直せば強くなる」と追い討ちをかけている。

淡々と指摘された挙句に負けた相手にそう言われても、すぐには消化出来ないだろう。

相手は肩を落としたまま、去っていった。

その背をエディタ様が若干不思議そうに見送った。

「あれ、わざとではないですよね？」

「ないと思うよ」

エディタ様、かっこよくて強いけれど、ちょっと天然なところがあるのかもしれない。

そして黄色い歓声に騎士の礼を執り、エディタ様も下がっていった。

先ほどの試合は相手の生徒が少し可哀想だった。

でも選出されるくらいの腕はあるのだから、エディタ様が言うように、めげずに頑張ってもらいたいものだ。

「あ、次はミランダの番だね」

闘技場にミランダ様が現れる。

相手の生徒はまた随分と体格が良い。

同じ太さの剣のはずなのに、相手が持つと何だか細く頼りなく見える。

相手が両手で剣を構える。

ミランダ様は変わらず片手で構えている。

「あんなに体格差があるなんて……」

わたしの「大丈夫でしょうか？」という声は試合開始の笛にかき消されてしまった。

相手が動く。

「おらぁああっ！」

何の技術もない動きだ。

ミランダ様がバックステップで避ける。

避けた途端に相手の剣が地面へめり込んだ。

……力業すぎる。

あれではミランダ様が剣を受け止めるどころか、受け流すことさえ難しいのではないだろうか。

いくら身体強化が許されているとしても、差は埋まらない。

ブン、ブォン、と剣が空を切る音がする。

ミランダ様は相手の剣を避け続けていた。

「どうした、避けるだけか⁉」

相手がまた地面へ剣を叩きつけた。

あまりに強過ぎて剣先が折れた。

「チッ、これだから細身の剣は嫌なんだ」

そうぼやきながらも折れた剣を地面から引き抜く。

こんな相手にミランダ様は勝てるのだろうか。

気付けば、観客席はシンと静まり返っていた。

顔を上げたミランダ様がにっこりと微笑んだ。

「では、参ります」

ミランダ様が駆け出した。

相手が剣を横薙ぎに振るうも、ミランダ様はグッと身を低くして躱し、その勢いのまま跳び上がった。相手がそれを追って顔を上げる。一瞬、相手の動きが止まった。

ミランダ様の剣が相手の肩に振り下ろされる。

そしてパリィインッとガラスの割れるような音が闘技場内に響き渡った。

そしてミランダ様が宙で一回転して相手の背後へ着地する。

身体能力を使っているからだろうが、見事な一回転だった。

試合終了の笛が鳴る。

「今の音は？」

「あれは魔道具の音だよ。一定以上の衝撃を代わりに受け止めてくれるんだ。あの音がしたということは、ミランダの勝ちだ」

つまり、ミランダ様のあの攻撃は実戦だったら致命傷を負わせるものだったということだ。

肩を打たれた相手はそこを手で押さえながら、振り向いた。

「あんた凄いな！」

負けた相手は何だか嬉しそうだ。

「あなたは力に頼り過ぎですわ。戦う時には、その場所、その時、周囲のものを利用することも大事です」

「ああ、勉強になったよ！」

相手の生徒が、わはは、と笑っている。

そっと横のルルに問う。

「ミランダ様は何をしたの？　一瞬、相手の動きが鈍くなったよね？」

「太陽を背にして目眩しに使ったんですよ」

「太陽を？」

見上げた空は快晴で雲一つない。太陽は丁度、天上から少し傾いた辺りにいる。

高く跳び上がって太陽を背にすることで、ミランダ様を追って見上げた時に、太陽を直に見ることになったのだろう。今日は日差しが強いので、あれを直に見たら目が眩んでしまう。

見下ろせば、闘技場でミランダ様と対戦相手が握手を交わしている。

「……少し近いな」

ぼそっとロイド様が呟いたのは聞かなかったことにしよう。

横から微妙に圧を感じるけれど、気のせいだろう。

何はともあれ、ミランダ様の勝利である。

そして最後の試合はお兄様だ。ミランダ様達が下がると今度はお兄様が現れる。

対戦相手はお兄様より僅かに体格が小さい。

どうやら一年生らしい。

王太子と当たってしまって、落ち着かない様子の対戦相手にお兄様が声をかけた。

「大丈夫だ、全力で来い」

お兄様が片手で真っ直ぐに剣を構える。

…………あれ？

「下手に手を抜いたら不敬罪だぞ？」

お兄様のからかうような言葉に相手はハッとすると、慌てて両手で剣を構えた。

試合開始の笛が鳴る。お兄様は構えたまま動かない。

相手はじりじりと正面から左側へ移動し、そして踏み込んだ。

「はぁああっ！」

気合いと共に打ち込んだ一撃をお兄様が受け流す。

「良い剣筋だ」

続く二撃目、三撃目も受け流していく。相手の生徒もお兄様も怯まない。

何度も打ち込まれる剣をお兄様は全て、片手で受け流し、その場から一歩も動いていない。

それでも相手の一年生も諦めない。

上や横がダメなら下から、下がダメなら突きでと様々な方向から剣を向ける。

……体力あるなあ。

闘技場内に剣同士のぶつかる音が響く。

唐突にお兄様が半歩下がった。

「戦い方が単調すぎる」

今度は横へ半歩ズレる。また剣を避けた。

そして横薙ぎに振るわれた剣をお兄様が受け止める。

ガキィインッと鈍い音が響く。相手が弾かれた状態から体勢を立て直す。

そうしてお兄様へ鋭い突きを繰り出した。

お兄様も突きを出す。剣同士が擦れる音がし、続いてすぐにガラスの割れるような音がして、両者の剣がピタリと止まる。お兄様の頬が僅かに切れ、血が滲む。

だが、お兄様の剣は相手の胸に当たっていた。

相手の生徒が軽く咳き込んで半歩下がった。

……お兄様の勝ち？

試合終了の笛が鳴り、教師達が治癒魔法を施しているのが見えた。

「アリスティードの勝ちだね」

ロイド様が嬉しそうに言う。

対戦相手とお兄様がそれぞれ騎士の礼を執り、下がっていく。

それを見ながら、わたしは考えていた。

……お兄様、利き手を使ってなかった。

そう、試合の最初から、お兄様はずっと左手に剣を持って試合を行なっていたのである。

「何でお兄様は利き手を使わないのかな？」

ルルに問うと、こう返された。

「恐らく利き手を使うまでもなかったのでしょう」

そうだとしたら、いつ利き手を使うのだろうか。

……女神様の祝福で身体能力上がってるんだっけ。

今年の優勝もお兄様な気がしてきた。

「今年のアリスティードはいつもより調子が良さそうだね」

ロイド様の言葉に乾いた笑いが漏れたのは仕方ないと思う。

＊　＊　＊　＊　＊

対抗祭最終日、剣武会二日目。準決勝と決勝が行われる。

今日も今日とてわたしの横にはルルが、反対の隣にはロイド様がいた。

最初の試合はお兄様とミランダ様である。

「どちらが勝つと思います？」

横のロイド様へ問いかけると苦笑が返ってくる。

「ミランダって言えたら良かったけど、今年も優勝するのはアリスティードじゃないかな」

「どうしてですか？」

「去年よりもずっと強くなっているから」

ロイド様の目からみても明らかに違うようだ。

そうだとすれば、他の人もお兄様が去年よりも確実に強くなったことに気付いているはずだ。

「アリスティードはこの一月、どうやって鍛錬していたの？」

ロイド様の問いにルルを見る。

「お兄様はルルを相手に鍛錬されておりました。でもその内容まではわたしも知りません」

「そうなんだ？　ニコルソン子爵と鍛錬していたのなら、アリスティードの成長も分かる気がする」

「それはありますね」

思わずロイド様と頷き合う。

ルルは基本的に手加減や容赦がない。だから騎士達との手合わせもきっちり叩き伏せる。

お兄様との鍛錬も、恐らくだけれど、お兄様を何度も打ちのめしたのではないだろうか。

誰であろうと手加減しないルルと手加減されるのが嫌いなお兄様。

お兄様も負けん気が強いところがあるので、それで心が折れるどころかむしろより一層鍛錬に励んだと思う。そういう意味では相性が良かったのかもしれない。

闘技場の中にお兄様とミランダ様が現れる。

二人とも、まるで散歩でもするかのような軽い足取りでやって来ると向かい合った。

「互いに全力を尽くそう」

「はい、よろしくお願いいたします」

お兄様とミランダ様が握手をする。そして離れ、向かい合い、剣を構える。

お兄様もミランダ様も片手で構えているけれど、お兄様は相変わらず利き手ではない左手だ。

試合開始の笛が鳴った。

しかしお兄様もミランダ様も動かない。

そのまま数秒が経過し、動き出したのはミランダ様の方だった。

じりじりと距離を縮めつつ、横へ移動する。

お兄様はただ黙ってミランダ様へ構えている。

「まいります」

ミランダ様が発した。

お兄様が口角を引き上げる。

「来い」

ミランダ様がグッと地面を踏み締め、弾丸のように飛び出した。

わたしの身長よりも開いていたはずの距離があっという間に縮まり、ミランダ様の剣がお兄様へ向かう。カコォンッと木剣同士がぶつかった。

ガッ、とミランダ様がお兄様を押すように剣を弾き、後方へ下がる。

しかしすぐに体勢を立て直して、右へ左へ蛇行するように動きながらもう一度お兄様へ近付き、剣を振り上げる。だがそのまま振り下ろさずに剣を突き出した。

……フェイントだ！

お兄様は右足を下げて体を横に向けて避ける。

そうして突き出された剣に自分の剣を滑らせると、上へ振り上げた。

ミランダ様の体が剣ごと上へ放り出される。

しかしミランダ様はひらりとお兄様の後方へ着地した。

「ミランダ嬢、その程度ではないだろう？」

お兄様が振り向く。

それにミランダ様も顔を上げた。

「全力を出すのは最後まで取っておきたかったのですが」

ミランダ様の言葉にお兄様が笑う。

「『全力を尽くそう』と言ったはずだ」

笑っているはずなのに笑っていない。

お兄様の相手をしているわけではないのに、何故だろう、お兄様から圧を感じる気がする。

ミランダ様の表情が一瞬強張った。

「……アリスティード殿下相手に余力を残して戦おうというのが間違っておりましたわ」

「それで良い」

「ですが、それならば殿下こそ全力を尽くすべきではございませんか？」

ミランダ様がチラと左腕を見る。

……ああ、それもそうか。

ミランダ様もお兄様が利き手ではないほうの腕で剣を握っていることに、気付いているのだ。

お兄様がふっと困ったような顔をする。

「そうしたいが、実を言うと、まだ利き手は加減が出来ないんだ」

その言葉にミランダ様が怪訝そうな顔をした。

「どういう意味でしょう？」

「そのままだ」

「では、手加減など必要ないと判断していただけるように努力いたします」

ミランダ様が剣を構えた。そして跳躍するように前方へ飛び出した。

先ほどよりもずっと速く、一瞬でお兄様との間合いを詰める。

ガツン、と木剣同士の重い音が闘技場に響く。

一度受け止められてもミランダ様は怯まない。

今度は右下から左上へ向かって振り上げ、お兄様がそれを受け止める。

それでもすぐに剣を弾くとミランダ様が今度は突きを繰り出す。

お兄様が一歩下がって避けた。

ミランダ様は更に踏み込み、追撃する。素早く鋭い突きがお兄様を襲った。

だがお兄様は剣でそれらを弾くか、避けるかして、一度たりとも当たることがない。

最後の突きを受けたお兄様が攻勢に出る。

半歩踏み出した。その構えから攻撃が分かる。

……お兄様も突きだ！

お兄様の構えに気付いたミランダ様が剣を構えて受ける姿勢を取った。二人の距離は近過ぎて、たとえバックステップで下がったとしても、リーチのある突きでは避けきれない。

受けるか、受け流すか。

ほんの瞬きの間、お兄様が溜めた。そしてたった一発、剣を突き出した。

ガキィインッと鈍い音が響き、同時にザザザッと土の上を物が滑る音がする。

お兄様の突きを受けたミランダ様は踏ん張ったものの、突きがあまりに強かったのか、ミランダ様の体は一メートル近く後退していた。

「よく受け切ったな」

お兄様がミランダ様へ言う。

ミランダ様の持っていた木剣は、お兄様の突きを受けた部分が少しへこんでいる。

体勢を立て直したミランダ様の額には僅かに汗が滲むが、ミランダ様は笑った。

「お褒めに与り光栄ですわ」

お兄様が剣を右手に持ち替える。

「あの突きを受けたなら、利き手を使っても大丈夫そうだ。もし腕を折ってしまったらすまない」

「ここは剣の腕を競う場ですわ。怪我なんてして当たり前でしょう。それに治療してくださる先生方もおりますもの」

そして二人がどちらからともなくぶつかった。一際大きな音が木霊する。

鍔迫り合いになればお兄様のほうが強いとミランダ様も理解しているのだろう。

力で押し切ることはなく、何度も剣を合わせる。立ち止まらずに動きながら剣を振り合う二人はどこか鬼気迫るものがあり、それでいて、とても楽しそうだった。

祝福を受けたお兄様は、もしかして、力を持て余しているのではないだろうか？

身体能力が上がり、魔力が上がり、周囲の人間より頭一つ飛び抜けているかもしれない。

そうだとしたら、対抗祭も、剣武会も、お兄様は全力を出し切れないはずだ。

「ルル、鍛錬でお兄様はルルに勝った？」

ルルが答える。

「いいえ、一度も」

「じゃあお兄様と近衛騎士ならどっちが強い？」

「アリスティード殿下の圧勝ですね」

ルルが即答する。近衛騎士達だって相当に腕が立つ。

その近衛騎士相手にお兄様が圧勝するというのなら、それは、相当の力量ということだろう。

お兄様とミランダ様が打ち合っている。

ミランダ様の速度にお兄様はついて行っている。

いや、それどころか段々と打ち合いが激しくなり、ミランダ様のほうが速度で押されてきている。

「もう一度行くぞ」

お兄様が突きの構えを取る。

ミランダ様が受けの構えに入る。

「望むところですわ」

お兄様が嬉しそうに笑った。そして利き手の突きが繰り出された。

バキィッと派手な音がして、ミランダ様の木剣が折れ、同時にガラスの割れる音が重なった。

威力に耐え切れなかったミランダ様の体が後方へ押し飛ばされる。

ズザァッとミランダ様が地面へ倒れ込んだ。

試合終了を告げる笛の音が闘技場に響く。

静かな闘技場に、慌てて立ち上がったロイド様の声が広がり、その一拍後に歓声に包まれる。

「ミランダ！」

ミランダ様がゆっくりと体を起こした。

だが動くのがつらそうで、待機していた教師達がすぐに駆け寄って治癒魔法をかけるのが見えた。

ミランダ様が顔を上げて、わたし達のほうへ大丈夫だと言うように小さく片手を振る。

それにロイド様がホッとした表情をした。

お兄様もミランダ様に歩み寄って、怪我の具合を確認している。

治癒魔法を受けたミランダ様はすぐに立ち上がったので、わたしも安心した。

「……凄い突きでしたね……」

ミランダ様の持っていた木剣は砕けていた。いくら木と言っても、使われているものはとても硬くて、しなやかで、そう簡単に砕ける代物ではない。

ロイド様が腰を下ろしながら頷いた。

「……うん、一瞬、ミランダが死んでしまったのではと思ったよ」

あの吹き飛び方と木剣の砕け方を見たら、そう心配してしまうのも分かる。

「もちろん、アリスティードがそんなことをするはずがないって分かっているけど、でも、そう思うくらい、さっきは凄かった」

ロイド様がどこか呆然と口にする。

わたしはお兄様が祝福を受けたから強くなったと知っているが、ロイド様はそうではない。

それからロイド様がゆっくりルルを見た。

「どのような鍛錬をしたのですか……?」

ルルが灰色の瞳を細めた。

「どうと言われましても、本人がもう良いと言うまで叩きのめしました。殿下は最後まで『やめろ』とおっしゃいませんでしたが」

「お、王太子ですよ?」

「王太子であろうと手加減はしません」

ロイド様がドン引きしてる。

……うん、やっぱりそうだったか。

それにしてもルルってそういうところ、とんでもないと言うか、度胸があると言うか。

……普通、一国の王太子を相手に叩きのめす？

きっとお兄様、この一月の間に何度も治癒魔法のお世話になったのだろう。

もし魔法のない世界だったら傷だらけに違いない。

「お兄様ってあんなに戦うのが好きでしたっけ？」

「対抗祭が始まってからは鍛錬をしていないので、力が有り余っているのかもしれません」

「……あー……」

この一月ルルと全力で戦っていたから、急にそれをやめて、ちょっと不満が溜まっていたのかもしれない。今のお兄様はちょっとスッキリした顔だ。次の試合で相手に大怪我させないといいけど。

そうしてお兄様とミランダ様がまた握手を交わして下がる。

次の試合はエディタ様とケイン様である。その二人が闘技場へ現れた。

エディタ様の人気は相変わらず凄くて、観客席からの黄色い声援にエディタ様は真面目に手を振って応えている。

対するケイン様はその声援が大きいせいか少し煩わしそうな顔をしていた。

「どっちが勝つと思う？」

ロイド様の問いかけに首を傾げる。

「さあ、わたしにも分かりません。ロイド様はどちらが勝つと思いますか？」

「それが僕も分からないんだ。アルヴァーラ侯爵令嬢も、彼も、まだきっと本気で戦っていない。だからどちらが勝つか楽しみだよ」

眼下で二人が互いに騎士の礼を執る。そして剣を構えた。

エディタ様は片手を拳にして腰の後ろに当て、もう片手で真っ直ぐに剣を構える。

ケイン様は片手を腰の後ろへ回し、もう片手で横向きに剣を構える。

互いの準備が整い、開始の笛が鳴った。

それとほぼ同時にケイン様が駆け出した。

……うわ、速い！

ミランダ様も速かったけれど、ケイン様はまるで風を切って飛ぶ矢のようだ。

ガツンと木剣がぶつかり合う。

エディタ様が半歩下がり、ケイン様を剣ごと弾く。

ケイン様はバックステップで少しだけ距離を置き、剣を構え直す。

「なるほど、君は一撃離脱型か」

エディタ様が剣を構えながら言う。

ケイン様がそれに笑った。

「そうだ、何度も打ち合うのは好きじゃない」

「真っ向勝負が好きそうだ」

「その通り」

言って、またケイン様が駆け出す。

矢のように駆け抜け、力強く木剣を振るい、そして弾かれるとあっさり引く。

それを何度か繰り返すとエディタ様が口を開いた。

「君は騎士の戦い方が苦手と見た」

……騎士の戦い方？

「ああ、俺に剣を教えてくれた人が言うところの『実戦向き』の戦い方のほうが好きだ」

「そうか、私とは正反対だ」

エディタ様が剣を両手で構えた。

「少し、羨ましい」

それを見たケイン様が笑みを深める。

「そう来なくちゃな」

ケイン様が駆け出した。低い姿勢から剣を構える。

下から斜めに振り上げるような剣だ。

エディタ様がそれを一歩下がって避け、ケイン様へ突きを入れる。

だがケイン様も腕を振り上げた勢いのままに体を横へ移動させて避けると、腕を後ろ向きに横薙ぎにする。

カァンッとケイン様の木剣がエディタ様の立てた剣によって防がれる。

二人が同時に数歩下がった。けれども立ち止まることなく互いへ向かう。

ガキィッと木剣が当たり、鍔迫り合う。

「あんた、強いな」

ギリギリと力が拮抗している。

「君もな」

それまで無表情だったエディタ様が薄く微笑んだ。

カァンッと互いに弾き合う。

エディタ様が先に迫った。振り下ろされた剣をケイン様が左へ受け流す。

剣同士が絡み合うのが見えた。

「あっ⁉」

エディタ様がケイン様の剣を弾き上げた。

ケイン様の木剣が宙を舞う。

武器を失ったケイン様へエディタ様の剣が振り下ろされる。

……ケイン様の負けだ。

そう思った瞬間、ガキィンッと硬いもの同士のぶつかり合う音がした。

何と、ケイン様が頭の上で腕を交差させて木剣を受け止めていた。

あんなことをすれば魔道具が反応するはずなのに。

あのガラスの割れるような音はしない。

「っ……！」

振り払うように剣を弾かれたエディタ様が数歩、よろけるように後ろへ下がる。

ケイン様が高く跳び上がった。落下してくる木剣を掴む。

そして、その勢いのまま、まだ体勢を整えていないエディタ様へ剣ごと落下する。

ドゴォンッと重い物が落ちる音がして、落下地点から土埃が舞い上がる。

同時に二つ、ガラスの割れる音が響いた。観客席の生徒達が「どうなった？」「どっちが勝った？」と思わず騒めいたり、立ち上がったりする。土埃はすぐに薄れ、その下から一つの影が現れる。

地面へ仰向けに倒れ込んだエディタ様が、両手で剣を構え、顔の直前ギリギリのところでケイン様の木剣を防いでいる。ケイン様は仰向けのエディタ様にのしかかるように力を加えていた。

エディタ様が困ったように眉を下げた。

「……私の負けだ」

その言葉にケイン様が剣を引く。

試合終了の笛が鳴った。

ケイン様が退くと、エディタ様が教師達へ手を上げて見せた。

「申し訳ありません、治癒魔法をお願いいたします。恐らく、手の骨が何本か折れています」

その申告に教師達がすぐに動く。

ケイン様が離れようとするとエディタ様が「君、」と声をかけて引き止めた。

「君も治療してもらうといい。次の試合、それで負けたなどと言い訳にするつもりか？」

「……分かった」

ケイン様も教師に治癒魔法をかけてもらう。

生徒達は何がどうなったのかサッパリ分からない。

治癒魔法を受けるとエディタ様が口を開いた。

「今の試合は私の負けだ。彼も傷を負ったが、私の魔道具のほうがほんの一瞬、先に壊れた。実戦ではその一瞬が命運を握る。彼が勝ち、私が負けたのは事実だ」

エディタ様が横にいたケイン様の肩を叩いた。

ケイン様は一瞬目を丸くして、それから無邪気に笑ってエディタ様の肩を叩き返す。

そのやり取りに、観客席の生徒達からも「よくやった」「アルヴァーラ侯爵令嬢に勝つなんて！」と声が上がる。

「え、あんた女だったのか⁉」

そんなケイン様の驚きの声に観客席が笑いに包まれたのは言うまでもない。

＊　＊　＊　＊

一時間ほどの休憩を挟んだ後、ついに決勝戦が行われる。

ここまで勝ち進んだのはお兄様とケイン様。

お兄様はともかく、まだ一年生の、それも平民が勝ち進んだとあって観客席は騒ついている。

闘技場に現れた二人は楽しそうに笑っていた。

「数年前は木の枝でやったよな」

お兄様の問いにケイン様が頷く。

「ああ、よく遊んだな。いつも俺が負けてた」

「今回も私が勝たせてもらう」

「いいや、俺だってあれから成長したんだぜ？」

二人が軽口を叩きながら向かい合う。

お兄様は右手に剣を構えている。ケイン様も双剣使いのあの独特な構えだ。

二人の準備が整い、試合開始の笛が鳴る。

それとほぼ同時に二人がぶつかり合った。

ガツンと大きな音がして、足元で土埃が舞う。

木剣が削れてしまうのではと思うほどに荒々しい鍔迫り合いだ。

「成長か。まだ私よりいくらか背が小さいな！」

「もう少し経てば超えるさ！」

「そうか、それは楽しみだ！」

互いの剣を弾き、打ち合う。

休む暇もない攻防に思わず息を詰めてしまう。二人の腕は多分互角だ。

もしかしたらお兄様はまだ手加減しているのかもしれないが、それはケイン様も似たようなものらしい。どちらの表情にも余裕が窺える。

「昔みたいに何でもありだ！」

ケイン様がお兄様へ足払いをかけた。

お兄様が地面をゴロンと転がって跳ね起きる。

「ああ、良いだろう！」

服に土がついているのも気にせず、お兄様がケイン様へ剣を投擲した。

それをギリギリでケイン様が避ける。

お兄様は避けたケイン様を視界に入れつつ、身体強化で底上げした体で半円を描くように駆け、地面へ落ちた剣を足で引っ掛けて手元へ戻す。

体勢を立て直したケイン様が剣を振り下ろすも、お兄様は振り向きざまにそれを受け止める。

これまでの生徒の戦い方とは違う。

お兄様が立ち上がる反動を利用してケイン様の剣を押し返す。

一歩、二歩、と後ろへ後退するケイン様へ横からお兄様が回し蹴りを繰り出した。

「うわ、っと」

ガンッと蹴りを止めたケイン様の腕から硬質な音がする。

二人とも、身体強化を能力だけではなく体の丈夫さに割いているらしい。

「おらよっと！」

回し蹴りをしてきたお兄様の足をケイン様が掴んで投げ飛ばす。

お兄様は投げられても平然と空中で体勢を立て直し、地面へ着地した。

そこからはもう、剣だけでなく足や手が出る、もはや喧嘩に近いものだった。

ルルが「楽しそうですね」と呟く。

観客席の生徒達も最初は「え」という顔をしていたけれど、楽しそうに戦う二人に段々と野次が飛ぶ。まるでお祭り騒ぎだ。二人がガツンと剣をぶつける。

「まだ遊ぶか？」

「いや、もう体も解せた！」

お兄様とケイン様が会話をし、距離を置く。

それまでのじゃれ合うような雰囲気が一変した。

お兄様から、またあの『殺気』が感じられる。

ルルの腕が伸びてきて腰を抱かれた。

「いいな」

ケイン様からも少し弱いが殺気を感じる。

あの肌の表面を触れるか触れないかの微妙な距離で撫でられるような、何とも言えない感覚だ。

お兄様が構えを解いた。だらりと両手を下げて立つ。

「アリスティード」

ケイン様がムッとして呼ぶ。

お兄様がそれに笑った。

「いつでも来い」

それはわたしにとっては見覚えのある、構えとは言えない構えで。

ハッとしてルルを見上げる。灰色の瞳がお兄様を見つめていた。
「じゃあ行くぜ！」
ケイン様の声に慌てて顔を向ける。
剣を手に距離を詰めるケイン様。
それに対し、お兄様は何の反応もしない。
このままではやられてしまう。誰もがそう思った。――わたしとルル以外は。
振り下ろされるケイン様の木剣。お兄様が腕を上げるのが見えた。
ケイン様の剣の柄の底と、お兄様の剣の柄の底がぶつかったのが分かった。
見えなくても分かる。
カァアアンッと甲高い音がして、続いて、ケイン様の剣が宙を舞う。
「え？」
カラァンッと剣が地面へ転がった。
お兄様の剣はケイン様の喉元に突きつけられている。
「残念だが、また私の勝ちだ」
だって、その技はルルの得意なものだから。
ルルが小さく「ふふっ」と笑った。
酷く嬉しそうな声だった。
ルルをもう一度見上げれば、灰色の瞳がお兄様を見て、細められる。

「私の技を盗むとはやりますね」

灰色の瞳の瞳孔が若干開いている。

……あ、これダメなやつだ。

怒っているのではない。多分、とても、ルルは喜んでいる。

自分の技を盗んだお兄様と戦いたいと思っているに違いない。

わっと歓声が広がる中、わたしは内心でお兄様に両手を合わせて健闘を祈った。

……帰ったら絶対に手合わせしようってなる。

そしてお兄様は容赦なくボコボコにされるんだろうな、という確信に近いものを感じた。

怒ってないけど、そのままにしてもおけない。

自分の技を盗まれるなんて、ルルは初めてだったのかもしれない。

とりあえず腕を伸ばしてルルに抱き着く。

「ルル、落ち着いて。……ね？」

灰色の瞳に見下ろされる。

ジッと見上げれば、視線が絡んだ灰色の瞳の瞳孔が段々と元に戻っていく。

ぱちぱちと灰色の瞳が瞬いた。

「……殺気、出ていました？」

「大丈夫、出てないよ」

もしルルが殺気を放っていたら、周りの生徒達だって気が付いたはずだ。

それがないので、恐らく大丈夫だろう。

ルルにギュッと抱き締められる。

凄く小さな、囁くような声が「盗まれた……」と拗ねたように呟く。

背中を撫でてあげながら返す。

「ルルと鍛錬したんだから、ルルの技をお兄様が覚えることもあるよ」

「……帰ったら殿下の鍛錬を再開します」

「ふふ、ほどほどにしてあげてね」

そう言ってもルルは手加減しないだろうけど。

見下ろせば、お兄様とケイン様が握手をしていた。

今回も前回に引き続き、対抗祭と剣武会の優勝をかっさらっていったのはお兄様だった。

そのすぐ後に表彰式があった。

対抗祭と剣武会。それぞれの成績優秀者に、学院長直々にトロフィーなどが贈られた。

お兄様はどちらも優勝。対抗祭は二位がエカチェリーナ様。三位が同率でアンリとロイド様。

剣武会では二位がケイン様。同率三位がエディタ様とミランダ様。

……ミランダ様も十分凄いと思うのはわたしだけ？

お兄様がどちらも優勝なのは、何かもう、当たり前みたいな感じがしていたが、ミランダ様が剣も魔法も非常に得意であることには驚いた。惜しくも三位には入れなかったけれど、ミランダ様だって対抗祭でかなり大健闘していたし、剣武会は三位に食い込んでいる。

……ミランダ様が女子生徒から「お姉様」と慕われているの、分かる気がするなぁ。

そうして対抗祭は六日間の日程を無事終了した。

帰りにお兄様が両方のトロフィーを見せてくれたけれど、本物の純金製だったのには驚かされた。

＊　＊　＊　＊

離宮に帰ると、お兄様はルルに引っ張られて半ば無理やり連れて行かれた。

それでも自室の前までルルはついて来てくれた。

その間、王太子であるお兄様の襟首を掴んだままだったのは誰も突っ込めなかった。

……だってルルが笑っていたから。

有無を言わせない笑みってああいうのを言うんだな、と思いながらリニアさん達にお風呂へ入れてもらう。観戦中は土埃などで汚れがついてしまうのと、どうしても日焼けしてしまうので帰ったらすぐさまお肌の手入れをしたいというリニアさんとメルティさんからのお願いなのだ。

どちらにしてもルルもいないし、その間にお風呂に入るのは良い案だった。

入浴して、新しいドレスを着て、部屋でゆっくり紅茶を淹れてもらっているとルルが帰ってきた。

妙にご機嫌だったので、きっと容赦なくお兄様を叩きのめしてきたんだろうなと思った。

当のお兄様は姿が見えない。

「ルル、お疲れ様。お兄様は？」

「動けないって言うから王太子宮に放り投げてきたぁ」

そう言ってソファーへどっかり腰掛けるルルの横顔はどことなくツヤツヤな気がする。

……お兄様もお疲れ様です。

心の中で労いの言葉を投げかけておいた。

ルルがスンと匂いを嗅ぐ。

「リュシー、良い匂いがするねぇ」

「お風呂入ったから」

「そっかぁ」

よしよしと頭を撫でられる。

お兄様を叩きのめしてよほどスッキリしたのか、かなり上機嫌だ。

「そうそう、明日、セリエール男爵令嬢に手紙を送ってみるよ」

ルルが「ああ、あれ？」とわたしの肩に腕を回す。

「話し合いなんて出来るのかねぇ？」

「出来るとは言い切れないけど、話してみる」

リニアさん達がそっと部屋を出ていった。


室内に二人きりになったので、ピアスに触れる。

二人で分け合ったこのピアスにこの間、ルルが盗聴防止用の防音結界を付与してくれたのだ。

この魔法が結構便利なのである。わたし自身は魔法を使えないが、わたしがピアスに触れると発動または解除されるようにルルが設定してくれた。

「原作《ゲーム》のことで訊きたいこともあるし」

「訊きたいことぉ？」

「うん、ルルのルートについて。前にルルが隠しキャラだって言ったよね？　でもわたしはファンディスクを買う前に死んじゃったから」

「気になるんだぁ？」

「少しね」

ルルにギュッと抱き締められる。

「なぁんか妬けるなぁ」

ルルの言葉に驚いた。

「え、何が？」

「そのゲームのオレのこと、気になるんでしょぉ？　オレであってオレじゃないオレっていう、変な奴。たとえオレでも、オレ以外の男のこと気になるって言われるの嫌だなぁ」

「そっか……」

ルルからしたら自分じゃないって感じなのだろう。原作のルルがどうなのか知らないけど、最初に出会った頃のルルだとしたら、確かに今のルルとは違う。

「ルルが嫌なら訊かない」

灰色の瞳と目が合った。

「いいのぉ？」

「いいよ。ここにいるルルの気持ちのほうが大事。そもそも、ルルのことだから知りたいだけで、そのルルが嫌だって言うなら無理に知らなくてもいいかな」

どうせ向こうが知っているのはあくまで『原作のルフェーヴル＝ニコルソン』なのだ。

ここにいるルルではない、言ってしまえば同姓同名の架空の人物のようなものだ。

今ここにいるルルこそが本物なのだ。

「同じ転生者のよしみで教えてくれたらなって思ったけど、わたしが好きなのはここにいるルルだからね」

もう一度耳に触れる。

「手紙を書いたら、男爵令嬢の机に入れてもらいたいの。……いい？」

「うん、いいよぉ」

多分、オリヴィエはわたしの話なんて聞かないだろう。

「ありがとう、ルル」

だからこそ、ここまで来てしまったのだ。

わたしが罠を張ることはお兄様もお父様も、そしてお義姉様達にも話してある。

きっとオリヴィエは食いついてくる。

悪役《わたし》と関わりを持つにはこれしかない。物語には悪役が必要だから。

レアンドルの祈りと救い

レアンドル＝ムーランは学院からの帰りの馬車の中で唇を噛み締めていた。

王太子殿下の側近候補から外れて、彼の交友関係はガラリと変わってしまった。

それまで親しかった者達の大半を失った。伯爵家の次男に過ぎないレアンドルに友人が多かったのは側近候補であり、王太子殿下とも友人であったため、縁を繋ごうとしていたのだ。

それがなくなり、婚約者との婚約を己の責で解消することとなったのだから、中にはレアンドル自身に失望した者もいたのかもしれない。

元婚約者は社交界でもそれなりに顔が広かったのだろう。

どこへ行っても元婚約者と別れたことを「惜しいことをした」と揶揄された。

だが残ってくれている者もいる。

レアンドルに厳しい言葉をかけ、それでいて、今後はどうするのかと心配してくれる者もいた。

レアンドルは学院を卒業後、どこか王都より離れた地方の領主の騎士になろうと考えている。

自領は難しいだろう。

父親と兄から強く叱責を受け、失望され、お情けで学院を卒業させてもらえるのだ。

それ以上厄介になるわけにはいかない。

そのためにレアンドルは剣だけでなく勉強についても以前より真面目に取り組むようになった。

おかげで前期試験は少しばかり順位が上がった。

レアンドルには文官は向いていない。鈍らないように日々の鍛錬も欠かさない。

そして時間があればレアンドルは学院の図書室や王城の蔵書室に足を運んで、魔法に関する本を読み漁っていた。あまり読書が得意ではないので苦労したが、それでも諦めなかった。

オリヴィエ＝セリエールを救いたい。ただその一心だった。

レアンドルが恋したのは二つある人格のうちの一つで、その人格は本来のオリヴィエ＝セリエールのふりをしているという。

レアンドルが恋したのはオリヴィエ＝セリエール。

そして彼女の中には二つの人格がある。

一つはレアンドルが今まで会ってきたオリヴィエ。

一つはオリヴィエが真似ているオーリ。

しかしどちらに恋をしたのか、レアンドル自身ですらよく分かっていない。

だが、別れの手紙をくれたオーリにも感謝していた。

あのままではレアンドルは主君を、家族を、元婚約者を、友人達を裏切り続けていたことだろう。

目を覚まさせてくれたのはオーリだった。思い返してみれば、レアンドルが付き合ってきたオリヴィエは、優しい言葉をくれたが、それはレアンドルが欲しい言葉だけだった。

本当の優しさというのは相手を思うが故の厳しさではないだろうか。

オリヴィエの優しい言葉はまるで毒のようにレアンドルを掴んで離さなかった。

けれど、オーリのおかげで道を正せた。

犯した過ちは消せないけれど、償うことは出来る。

レアンドルの道はまだ完全に潰れたわけではない。

今度はレアンドルが彼女を助ける番だ。

そう決意したレアンドルは、夏季休暇中に行動を起こしていた。

＊＊＊＊＊

夏季休暇に入ったレアンドルは、まず情報を集めることにした。

自由な時間を使い、必死になってレアンドルは本を読んだ。

学院で魔法について習っていても、理解するのが難しい内容が多かった。

知らないことが見つかったら調べて。

調べていて分からないことがあればまた調べて。

レアンドルは自分がいかに無知なのか思い知らされた。

それでも諦めたくはなかった。

だからレアンドルは教会にも手紙を書いた。

王都で最も大きな教会へ、大切な人を助けたいので蔵書を読ませてほしいと頼み込んだ。

何度断りの手紙が戻ってきても書き続けた。

それでもダメなら直接出向いて頭を下げた。

何日もそれを続けた。

そしてようやく、大司祭が許可したからと返事が返ってきた。

レアンドルが教会へ行くと、すぐに応接室へ通された。

そして老齢の男性が現れた。

「初めまして、エイルズ＝マッカーソンと申します。この度は誠に申し訳ありませんでした」

男性は開口一番にそういうと頭を下げた。

それにレアンドルは慌てた。

「大司祭様、お顔をお上げください！」

教会の大司祭が会ってくれるだけでも異例なのだ。

教会の最高位の司祭に頭を下げられて平然としていられるはずもない。

立ち上がったレアンドルが大司祭の肩に触れた。

それでようやく大司祭、エイルズは顔を上げた。

「何故、大司祭様が謝罪する必要があるのでしょうか？　むしろ蔵書の閲覧をお許しいただけたと聞いて感謝したいほどです」

エイルズが申し訳なさそうな顔をする。

席を勧められたレアンドルは元の位置に戻り、エイルズも席へ腰掛けた。

「その件で謝罪をさせていただきたいのです」

何でも教会に届いた手紙は何人かの司祭達が確認する決まりになっているのだが、レアンドルの送った手紙の内容を司祭が悪戯だと思ったそうだ。

一つの体に二つの人格。そのようなことありはしない。

勝手にそう判断した司祭が適当に断りの手紙を書いて返事をしてしまったのだそうだ。

だが何度もレアンドルが手紙を送ったことで他の司祭達の目にも触れ、それについてどうするか判断を仰ぐためにエイルズの下へ手紙が上がってきたのである。

それは最初の手紙から十通近くも後のことだった。

教会は悩める者を拒んではならない。

エイルズは慌てて蔵書の閲覧許可を出すことを決め、レアンドルへ手紙を出したのだ。

「そのようなことがあったのですね」

「はい、大変失礼をいたしました……」

「いいえ、結果的に許可をいただけたのであれば、それだけで十分です」

エイルズが懐から栞《しおり》のようなものを取り出した。

「こちらが蔵書室へ入るための鍵です。教会へお越しになられたら誰かに声をかけてこちらの鍵を受け取ってください。お帰りの際は誰かに預け、また教会へお越しになられた際に改めて鍵を借りてください。こちらはその旨を書き記した許可証です」

そして一通の手紙も添えて、鍵が渡される。

鍵は青みがかった半透明の水晶で出来ており、蔵書室の文字が刻まれていた。

「ありがとうございます」

王城でも、学院でも、レアンドルの望んだ本はなかった。

さすがに王城の禁書庫は閲覧出来ない。もしかしたらそちらに何かあるかもしれないが、王太子殿下の側近候補からも外れたレアンドルが個人的に見たいと言っても許可は出ないだろう。

「さっそく蔵書室へ行かせていただいてもよろしいでしょうか？」

「ええ、もちろんです。ご案内しましょう」

そうしてエイルズの案内でレアンドルは蔵書室へ向かった。

到着すると鍵を壁に翳すように言われ、その通りにするとガチャリと扉が開いた。

教会の蔵書室は想像していたよりも広く、そして古いインクと紙の匂いがした。

「何かお探しの際は司書にお訊きください」

「分かりました。ここまで案内してくださり、ありがとうございました」

「いえ、お探しのものがあると良いですね」

エイルズは穏やかに一礼して去っていった。

改めて蔵書室を眺める。王城ほどではないが、それでも圧倒される。

司書に声をかけて魔法について調べたいことを告げると、その棚まで案内してくれた。

「こちらの棚からあちらの棚までが魔法に関する本が置いてあります」

「ありがとうございます」

王城の蔵書室よりかは冊数が少ないことにホッとしてしまった。

レアンドルは司書を見送り、棚へ顔を向ける。

まずは背表紙のタイトルからそれらしいものを探すことにした。

「よし、やろう」

それから夏季休暇中、教会に通い詰めた。レアンドルは毎日、蔵書室を訪れた。

魔法に関する本で気になったものは全て読んだ。丸一日居座ることもあった。

あまりにレアンドルが調べ物に集中して、食事すら摂らないのを見かねた司書につまみ出されることも少なくない。よく姿を見かけるようになったからか、レアンドルは教会の者に、祈りの時間に誘われることもあった。

広い教会の中で、美しいステンドグラスに囲まれ、厳かな雰囲気の中で祈りを捧げる。

レアンドルは祈りを捧げた。

……オリヴィエ＝セリエールを、オーリを、どうか助けてください。

レアンドルは真摯に祈った。

自分のことを祈ろうとは露ほども思わなかった。

……そして許されるなら、元婚約者の幸せを祈らせてください。

それが自分の傲慢だとレアンドルは分かっていた。

婚約を解消する原因をつくったのはレアンドルだ。

そのレアンドルが元婚約者の幸せを願うなんて、身勝手で、自己満足な行為である。

だが自分のせいで人生が変わってしまった。元婚約者に不誠実だった。

出来ることは元婚約者の目に入らないようにひっそりと過ごすことくらいしかない。

それからレアンドルは教会の者達と共に、祈りの時間を過ごすようになった。

熱心に祈りを捧げるレアンドルは信者達からも好評で、話しかけられることが増えた。

新しい場所で新しい人々との交流はレアンドルのずっと重苦しく沈んでいた心を少しずつ軽くしてくれた。

けれども、教会でも望むような成果はなかった。

レアンドルは祈りを捧げた。

……どうか、どうか、お願いします。

初めて祈りの時間を過ごした時からレアンドルの願いは変わらなかった。

祈りを捧げ、立ち上がると、いつの間にかエイルズが後ろに立っていた。

「ムーラン様、よろしければ少しお話をさせていただく時間はございますでしょうか？」

レアンドルは疑問に思いながらも頷いた。

「はい、大丈夫です」

「ではどうぞこちらへ」

そうして最初に通されたのと同じ応接室へ案内される。

ソファーを勧められてレアンドルは腰掛けた。

「それで、お話というのは……？」

エイルズが微笑み、懐から何かを取り出した。

「実はとある方より、ムーラン様へ渡してほしいと手紙を託されたのです」

「どうぞ」と差し出されたそれを受け取る。

真っ白な飾り気のない封筒だ。封蝋にも家紋などはない。

開封し、中の便箋を開いて、驚いた。綴られている文字には見覚えがあった。

かつて仕えたいと思い続けた主君であり、友だった者の文字だ。そこにはレアンドルを気遣う言葉だけでなく、最近のレアンドルの話を耳にして、伝えることがあったため、大司教に手紙を頼んだことが書かれていた。

そしてその後に続いた内容に更に驚いた。

王女殿下もオリヴィエ＝セリエールを救いたいと考え、何と、人格を分離して封じる魔法を作ろうとしているとのことだった。

オリヴィエがいるとオーリは出てこられない。

そしてオリヴィエは問題を起こしてしまう。

レアンドルはオリヴィエに関する噂も知っていたが、王女殿下の悪評を広めようとしたと聞いた時はまさかと思った。しかしオリヴィエの周囲にいる貴族令嬢やご夫人の言葉だったので、レアンドルはありえないとは言えなかった。何故そのようなことを考えたのかは分からない。

だがこのままではオリヴィエは決定的な間違いを犯してしまうだろう。

魔法が出来上がり次第、使用されるかもしれないこと、もしもそれまでにオリヴィエが問題を起こせば、それは全てオーリの責任となってしまうこと。それらが書かれていた。

最後に、この手紙は読み終えたら燃やすようにと書かれていた。

レアンドルは一言断りを入れてから、灰皿の上で手紙を燃やした。

「大司祭様、ありがとうございます」

レアンドルの祈りは通じた。

魔法の才に恵まれ、様々な魔法を作り出している王女殿下がオリヴィエ＝セリエールのために動いてくれている。人格の一方を封じるというのはやむを得ない。

このままオリヴィエが何をするか。手遅れになる前に、オーリを助けなければ。

「良い報せのようですね」

「はい、希望が見えた気がします」

「それは良かったです。もう一つムーラン様にはお話があるのですが……」

エイルズが笑みを深めた。

「よろしければ学院を卒業後、教会の聖騎士となる気はございませんか？」

レアンドルはすぐに言葉が出なかった。

「……そんな、俺、いえ、私は、聖騎士となれるような者ではありません……」

こんな不誠実で自分本位な人間が聖騎士など。

エイルズが首を振る。

「自分を卑下してはなりません。ムーラン様のご事情は失礼ながら聞き及んでおります。あなたは確かに過ちを犯しました。しかし、今はそれを悔い改め、正しい道を歩もうと努力されております」

「ですが……」

立ち上がったエイルズが歩み寄り、レアンドルの肩へ触れた。

「あなたはこの一月半、敬虔《けいけん》な信者でした。そして他者のために行動が出来る人です。剣の腕に覚えがあり、女神様を信仰しておられるならば、聖騎士としての資格は十分にあります。それに聖騎士の中には傭兵や冒険者、貴族であった者も大勢おります」

大丈夫だと言われた気がした。

そしてレアンドルは気付いた。

……きっと、アリスティード様が手を回してくれたんだ。

表立ってレアンドルと関わることは出来ないから、教会を通じて、道を示してくれている。

学院卒業後、レアンドルは行く当てを失う。住む場所も、家柄も、貴族籍すらも。

レアンドルの瞳から涙がこぼれ落ちた。

……ああ、あなたのそばでその治世を支え、仕えたかった。

失ったものの大きさを改めて感じ、苦しさで息が詰まる。

「いかがでしょう?」

エイルズの問いにレアンドルは一つ深呼吸をして、頷いた。

「是非とも、よろしく、お願いいたします……」

二度と仕えることが出来ない主君からの、そして友人からの、最後の優しさだった。

同時にレアンドルは自分の愚かさを改めて自覚する。

……何とかなると思っていた。

でも、次代の王の側近候補から外された者を、平民へとなる者を、誰が雇ってくれるだろうか。

婚約という家同士の契約すら守れない人間。

そう見られている以上は誰も雇いたがらない。

レアンドルは泣きながら感謝の祈りを捧げた。

もう言葉を交わすことが出来ないが、この気持ちが届きますようにと。

「きっとその気持ちが届く日が来るでしょう」

優しい声にレアンドルは涙が止まらなかった。

＊　＊　＊　＊　＊

……もう、アリスティード様のおそばに行くことは出来ない。

今回の対抗祭、剣武会を観客席から眺めることとなり、改めてそれを思い知らされた。

もしもオリヴィエを選ばなければ、アリスティードと戦っていたのはレアンドルだったかもしれないし、あの闘技場で剣を交えて笑い合っていたのかもしれない。

輝かしい未来、未来の君主、友人、全てを失った後悔と言葉にならない感情に、レアンドルはただただ拳を握り締めることしか出来なかった。

対面

謹慎が言い渡されてから一週間後、オリヴィエはようやく解放された。

だが既にイベントの一つである対抗祭は終わってしまっており、攻略対象のカッコイイスチル場面は見ることができなかった。

しかも一週間、屋敷の庭に出ることすら許されず、みっちりと貴族令嬢の教育とマナーを再教育させられた。おかげでオリヴィエは頭が痛かった。

……たった一週間であんなに勉強させられるなんて！

学院へ登校し、イライラしながら教室へ向かう。そして自分の机に座り、鞄の中から出した教科書などを入れようとして、ふと、机の中に何かが入っていることに気が付いた。

「何……？」

手を入れて机の中身を引っ張り出す。

オリヴィエの手には一通の封筒があった。宛名も差出人もない。

それでもオリヴィエの机に入っているということは、宛先はオリヴィエなのだろう。

適当に封を切って中を見る。便箋が一枚入っていた。

便箋を取り出して、オリヴィエは手紙の内容に目を通した。

そして思わず笑みを浮かべてしまった。

……まさか向こうから声をかけてくるとは。

オリヴィエは便箋を封筒に戻すと、封筒を鞄へ突っ込んだ。

あの女に呼び出されるのは少し癪だが、あの女の傍にはルフェーヴル様がいる。

もしかしたら会って言葉を交わすことも出来るかもしれない。

ヒロインのわたしと会えば、きっとルフェーヴル様の気持ちを得られるはず。

オリヴィエは上機嫌になって椅子へ座る。

……放課後が楽しみね。

＊　＊　＊　＊　＊

放課後、わたしはカフェテリアに向かった。

今日は護衛騎士を連れて来ており、ルルはスキルで姿を消してわたしの傍にいる。

ただスキルを使用しているため、周りからしたら、珍しくわたしがルルと一緒にいないというふうに見えるだろう。カフェテリアに着くと、まだオリヴィエは来ていないようだった。

わたしは空いている席に座った。

護衛騎士がわたしの左斜め後ろに立ち、右斜め後ろにはルルがいる。

護衛騎士にもルルの姿は見えていないが、前もってルルも隠れて護衛していると告げてある。

カフェテリアの給仕にティータイムセットを注文し、のんびりと待つ。

来ないとは微塵も思わなかった。彼女は必ずやって来る。

ケーキスタンドやティーセットが運ばれる。

給仕に礼を述べると一礼して去っていった。

それと入れ替わるように、カフェテリアに目的の人物が姿を現した。

オリヴィエ＝セリエール男爵令嬢だ。

彼女はキョロキョロと辺りを見回し、わたしを見つけると、近付いて来た。

テーブルの前まで来たオリヴィエに声をかける。

「ご機嫌よう、セリエール男爵令嬢」

「……ご機嫌よう」

チラ、とオリヴィエの視線がわたしの後ろへ向く。

そしてあからさまに残念そうな顔をした。

……どうやらルルは見えないみたい。

わたしの右後ろをオリヴィエの視線が滑っていく。

「お招きいただき光栄です」

全く心のこもっていない言葉にわたしは頷いた。

「どうぞ、おかけください」

「失礼いたします」

騎士の引いた椅子へ静かに腰掛ける。

どうやら一週間という短期間の集中再教育はそれなりに効いているらしい。

感情を押し隠すのは出来ていないけれど、受け答えや所作は男爵家の令嬢にしては、まあまあ、問題ない程度には身についているだろう。席についたオリヴィエに自ら紅茶を注ぐ。

「どうぞ」

「……ありがとうございます」

それから騎士へ振り返る。

「下がってください」

騎士が浅く頭を下げると距離を空ける。

それからピアスに触れた。

一瞬、オリヴィエが身を震わせた。

「防音の結界魔法を張らせていただきました。この中での会話は外に漏れませんので、気を楽にしてくださっても大丈夫ですよ」

そう声をかければオリヴィエの肩が僅かに下がる。

「改めて初めまして、リュシエンヌ＝ラ・ファイエットと申します」

「セリエール男爵家の長女、オリヴィエ＝セリエールです」

「今日は来ていただけて嬉しいです。一度、話をしてみたいと思っていたものですから」

オリヴィエにじっと見つめられた。

わたしの真意を探ろうとしているようだった。

それへニコリと微笑み返せば、眉を寄せられる。

「そう警戒なさらなくとも、何もいたしません」

そう声をかけて、やっとオリヴィエが口を開く。

「……ルフェーヴル様は？」

その問いにわたしは微笑んだ。

＊　＊　＊　＊　＊

リュシエンヌの右斜め後ろに控えながら、ルフェーヴルは原作のヒロインであるオリヴィエ＝セリエールを見ていた。

柔らかな金髪に新緑の瞳。小柄で、細身で、庇護欲をそそる可愛らしい顔立ち。

確かに外見で言えばかなり愛らしいだろう。だが、それだけだ。

原作ゲームとやらではスキルで隠れたルフェーヴルに気付いたらしいが、このオリヴィエ＝セリエールは全く気付かなかった。ただでさえ少ない興味はそれで完全に失せた。

元々あった興味というのも『リュシエンヌの敵』に対するものだったが、今はもう、その興味すらなくなった。

……オレが見えないなら問題外だねぇ。

不満そうな顔をするオリヴィエ＝セリエールは気付いているだろうか。防音の結界魔法は使っているが、遮蔽してあるわけではないため、外からでも自分達の様子が見えているということに。

「彼が何か関係ありますか？」

リュシエンヌが問い返す。

「あるわ。あなただって転生者でしょ？　私はルフェーヴル様推しだったのよ」

リュシエンヌが困ったように微笑んだ。それは否定とも肯定とも見える。

「隠さなくたっていいわよ。原作通りにいかないのは全部あなたが仕組んだことだって分かってるわ。今まで、ずっと私の邪魔をしてきたこともね」

ジロリとオリヴィエ＝セリエールがリュシエンヌを睨む。

しかしリュシエンヌは優雅に紅茶を飲んだ。

「何のことでしょう？」

「とぼけないでよ。アリスティード達攻略対象と出会えなかったのはあなたがそうさせていたんでしょ？　しかもルフェーヴル様まで無理やり手に入れて。……正直言ってムカつくのよ、あんた」

オリヴィエ＝セリエールの言葉が崩れる。

「わたしは何もしていません。ただ、自分の幸せのために生きているだけです」

リュシエンヌは動じない。

「それが邪魔だって言ってるの。悪役は悪役らしく、ヒロインのために役に立ちなさいよ」

リュシエンヌがティーカップとソーサーを置き、そして微笑んだ。

「今、この状況でヒロインなのは誰だと思う？」

「は？」

「お兄様達に囲まれて、愛されて、仲良くしているのは誰？　逆に嫌われて突き放されているのは？　お兄様達があなたを避けているのは、あなたが無理やり近付こうとしたからですよ。わたしのせいではありません」

オリヴィエ＝セリエールが立ち上がった。ガタリとテーブルが揺れる。

「嘘よ！　あなたがわたしに近寄らないように言ったんでしょ⁉」

「いいえ。でも、もしわたしが何か言ったとしても、お兄様達は自分で考えて行動したでしょう。お兄様達があなたと親しくなりたいと思えば、親しくなったはずです」

「じゃあ何で会えないのよ？　おかしいじゃない！」

「何がおかしいのですか？」

立ち上がったままのオリヴィエ＝セリエールをリュシエンヌは悠然と眺めた。

座っているはずなのに、まるでリュシエンヌのほうが見下ろしているかのようだった。

「自分の行く先々に現れて、無理に話しかけようとする人間を、自分を監視する人間を、好きになる人はいるのでしょうか？　仲良くなりたいと思いますか？」

「っ……」

オリヴィエ＝セリエールが手を握りしめる。

リュシエンヌの言っていることは正論だ。

アリスティード達は昔から、オリヴィエ＝セリエールの執拗な行動に辟易していた。

不信感を持つのは当然である。

「わたしは何もしていません」

リュシエンヌがもう一度言う。

「じゃあ何でルフェーヴル様を連れてるのよ?」

怒りを押し込めた声だった。

「彼はわたしの侍従であり、護衛であり、夫だからです。夫婦が一緒にいるのは当たり前でしょう?」

「そこがおかしいのよ!」

バンッとオリヴィエ=セリエールがテーブルを叩く。

周囲で遠巻きにしている生徒達が驚いたり、眉を顰めたりしているのが見える。

王女相手にテーブルを叩くなんて普通はありえない行いだ。

一週間の再教育もあまり役に立たなかったらしい。

「ルフェーヴル様はファンディスクの隠しキャラでしょ? 学院卒業後に出てくるはずなのに、何であんたが手に入れてるのよ!? 私が出会うはずだったのに!!」

怒鳴りつけられてもリュシエンヌは微笑んでいる。

でも、その手は僅かに震えていた。

リュシエンヌは怒鳴り声やヒステリックな声が苦手なのに、耐えている。

そっとリュシエンヌの背中に触れれば、その細い肩から少しだけ力が抜ける。

「そう言われても、彼はもうわたしのものです」

「何でよ! ヒロインのわたしに返しなさいよ!」

「嫌です。それにわたしと彼の結婚は王命によって為されたものです。それに反対するということは、王命に逆らうということでもあるのですが、分かっておりますか？」

そう、ルフェーヴルとリュシエンヌの婚約・婚姻は王命で定められたものだ。

それに異を唱えるのは王命に逆らうのとおなじだ。

だがオリヴィエ＝セリエールは言う。

「知らないわよ！　そんなの原作《ゲーム》にはなかったじゃない‼　さっさとルフェーヴル様と離れなさいよ‼」

リュシエンヌが「はぁ……」と溜め息をこぼす。

「セリエール男爵令嬢、ここは現実です。あなたの言う原作《ゲーム》ではないのですよ」

「うるさい！　ヒロインは私なのよ‼」

「いいえ、あなたはヒロインじゃない」

オリヴィエ＝セリエールの言葉をリュシエンヌがはっきりと否定する。

パッと口元を扇子で隠した。

「原作のオリヴィエは転生者だった？」

その言葉にオリヴィエがハッとする。

「ねえ、セリエール男爵令嬢、お願いですからこれ以上問題を起こさないでください」

オリヴィエ＝セリエールがリュシエンヌを見る。

新緑の瞳が見開かれていた。

「この間もクリューガー公爵令嬢にもご迷惑をおかけしたでしょう？　あのようなことはやめていただきたいのです。……これ以上問題を起こせば、あなただって無事では済まないと思うの」

オリヴィエ＝セリエールの瞳がリュシエンヌを睨む。

その瞳にはありありと憎しみの光が宿っている。

逆にリュシエンヌは穏やかなものだった。穏やかに、冷静に、リュシエンヌが告げる。

「このまま静かにしていてくれるなら、王女《わたし》の悪評を広めようとした件についても問いません」

わなわなとオリヴィエ＝セリエールが震える。

リュシエンヌが優しく問いかける。

「セリエール男爵令嬢？」

オリヴィエ＝セリエールが俯いた。

「……っぱり……」

バッと顔を上げ、リュシエンヌを睨む。

「やっぱりあんたは悪役なのよ……！」

そう言うと、オリヴィエ＝セリエールは踵を返してテーブルから離れていった。

リュシエンヌがピアスに触れ、周囲の喧騒が戻ってくる。

リュシエンヌがティーカップを口元へ寄せながら呟いた。

「……わたしって交渉下手かも」

溜め息交じりのそれに囁き声で返す。

「違うよぉ。アレは話が通じないだけだってぇ」

「それはそれで困るんだけどね……」

給仕がやって来て一口も飲まれなかった紅茶がティーカップごと下げられる。

リュシエンヌは考えるように手元のティーカップに残った紅茶を見つめていた。

＊　＊　＊

……うーん、ダメだったなあ。思った以上に会話が出来なかった。

彼女もわたしも、互いを敵と認識していて、そしてそれを互いに感じ取ってしまっている。

警告も恐らく嫌みに聞こえただろう。

まあ、あえて警告したのだけれど。そうすればオリヴィエは絶対に動くから。

オリヴィエの今度の標的はわたしになるはずだ。

原作通りにしようとするなら、わたしに虐められているふうに装うだろう。

でも、それはもう通じない。お義姉様の時に使ってしまったからね。

だけどオリヴィエには他の道は残されていない。

諦めて静かに過ごすか、わたしを悪役に仕立て上げるか、二つに一つだ。

……原作のリュシエンヌはどんな虐めをしたっけ？

きっとオリヴィエは今回の呼び出した件についても、虐められたと言うだろう。

でも誰もわたし達の会話は聞いていない。

しかし周囲からは見えている。オリヴィエが、男爵令嬢が感情に任せて立ち上がったりテーブルを叩いたりして、挨拶もせずに去っていった。それも王女相手にその無礼を働いた。

良識ある人々ならばオリヴィエに近付かないし、オリヴィエがわたしに虐められたと言っても信じないだろう。わたしは微笑んで話していただけだと見ていた人が証言してくれる。

「今夜は作戦会議ね」

囁くように言えば、斜め後ろでルルが頷く気配がある。

それはともかくティータイムのセットをどうしようか。

せっかく注文したのに紅茶以外、全く手をつけていないままだ。

このまま片付けられてしまうのは、作ってくれた料理人にも申し訳ない。

「ルル、一緒にお茶しない？」

そう声をかければすぐに返事がある。

「いいよぉ、ちょっと待っててねぇ」

それからルルは一旦カフェテリアを出ると、少しして戻ってきた。

多分、スキルを解除したのだろう。

ルルとカフェテリアでお茶をしつつ、お兄様を待って、馬車で帰宅した。

お兄様にとても心配されたけれど、ルルが説明してくれたらホッとした様子で「そうか」と言っていた。お兄様もオリヴィエのことは知っている。この間、お義姉様と関わったからね。

歌姫と練習

「王女殿下、今お時間よろしいでしょうか？」

そう声をかけてきたのは音楽の授業の教師だった。

丁度授業を終えて教室に戻るところだ。特に急ぐ用事もないので頷いた。

「はい、大丈夫です」

お兄様とロイド様、ミランダ様も待っていてくれるらしい。

「実は、秋の豊穣祭で学院から出ていただく歌姫の二人のうちの一人に、リュシエンヌ様はどうかという話が出ているのです」

「わたしが、ですか？」

「ええ、リュシエンヌ様はとても歌がお上手ですので」

お兄様達もそれに表情を明るくする。

……うーん。

豊穣祭について聞いてみると、今回、学院側からは二人の歌姫を出す予定らしい。

豊穣祭では町で選ばれた歌姫も出るそうだ。

歌姫と言っても、豊穣祭で女神の賛美歌を歌うだけなのだけれど。

……原作ではヒロインちゃんが、お兄様ルートで出ていたっけ。

「もう一人の歌姫は誰ですか？」

音楽の教師が答える。

「一年のオリヴィエ＝セリエール男爵令嬢です。彼女は少々問題行動を起こしやすい子ではありますが、歌に関してはとても上手でした。歌姫は歌の上手さで選ばれますから」

……歌、上手いんだ。

歌姫は歌さえ上手なら選ばれる。

だから、現実世界ではお兄様ルートに入るとか関係なく、歌の上手い生徒が出ることとなる。

「もしリュシエンヌ様がよろしければ、歌姫として出ていただきたいのです」

彼女が出るなら、わたしも出よう。

「そういうことでしたら喜んでお受けいたします」

お兄様ルートではヒロインちゃんが賛美歌を歌って女神の加護を受ける。

原作とは違う流れだが、もしかしたら加護を受けてしまうかもしれない。

そうなった時、オリヴィエの対抗馬となれるのは同じく加護を持つわたしだけだろう。

音楽教師が嬉しそうに「では、これからは放課後に練習いたしましょう」と言う。

恐らくオリヴィエも来るだろう。顔を合わせる機会が増えそうだ。

「リュシエンヌ、大丈夫なのか？」

教室に戻る道すがら、お兄様に問われる。

「あの男爵令嬢も選ばれたのだとしたら、顔を合わせることになるが……」

「はい、その可能性があると思ってお受けしました」

オリヴィエの性格を考えると、選ばれたことで鼻が高くなるだろう。

その鼻をへし折るつもりもあって受けたのだ。

「私も放課後に付き合おうか？」

お兄様の申し出はありがたいが、首を振る。

「いいえ、しばらくは護衛騎士を一人連れて行くので大丈夫です。練習の間はルルには隠れてもらいますし」

「あら、ニコルソン子爵は一緒には行きませんの？」

「件の男爵令嬢はルルのことが好きですから」

「まあ、そういえばそうでしたね……。王女殿下の夫にまだ懸想しているなんて」

ミランダ様が口に手を当てて困ったような顔をしている。

「エカチェリーナ様とのこともありましたから、てっきり今はアリスティード殿下にご執心なのかと思っておりました」

「どうやら私に近付けば、ルフェーヴルにも近付けると考えているようだ」

お兄様の言葉にミランダ様が不思議そうに首を傾げた。

「よく分かりませんわね……？」

それに関してはお兄様とロイド様も頷いた。

ルルのルートについて聞けなかったので詳しいことは不明だけれど、わざわざお兄様の婚約者であるお義姉様に近付いたことを考えると、お兄様ルートがルルと関係するのかもしれない。

でもこの世界は現実なのだ。確かにお兄様とルルは親しい間柄だが、お兄様と親しくなったからといってルルと縁が繋げるとも限らない。

……ただ、ルルの登場は学院卒業後と言っていた。

もしかしたら、お父様がルルを雇ったように、お兄様がルルを雇う可能性もある。

今のルルはお兄様に雇われる気はないみたいだけど、そういう未来もあったのかもしれない。

「しかもそのご様子ですと、ニコルソン子爵を諦めていらっしゃらないのでしょう？」

ミランダ様が困ったように頬に手を当てる。

「そうだね、王女殿下の夫にそういう目的で近付こうとするなんて不敬だよ」

「全くですわ」

それが分かってもらえたら苦労しないのだが。

「エカチェリーナ様からも話の通じない方だったとお聞きしましたわ。……リュシエンヌ様も遠慮なく私をお使いくださいな」

ミランダ様の言葉に頷き返す。

「ありがとうございます、ミランダ様」

ロイド様とお兄様が申し訳なさそうな顔をする。

「ごめん、僕達も手助け出来たら良かったんだけど……」

「いいえ、ロイド様とお兄様は近付かないほうがいいでしょう。お気持ちだけで十分です」

「すまないな……」

お兄様達が悪いわけではない。

＊　＊　＊　＊

その翌日から歌の練習が始まった。

音楽室へ向かうと音楽教師のウィンター先生が既に待っていた。

オリヴィエはまだ来ていないらしい。護衛騎士は壁際に下がった。

バタバタと足音が聞こえてくる。

「遅れました！」

ガラッと勢いよく扉が開かれた。

「セリエール男爵令嬢、淑女たるもの走ってはなりません。扉も静かに開けるように」

「はぁい」

ウィンター先生に注意を受けてオリヴィエが首をすくめて返事をし、室内にいるわたしに驚愕の表情を浮かべた。それにわたしは挨拶のために礼を執る。

「ご機嫌よう、セリエール男爵令嬢」

「……ご機嫌よう、王女殿下」

わたしの礼に思うところがあったのか、同じように挨拶を返してくる。

それにウィンター先生が満足そうに頷いた。

「さあ、歌姫が揃いましたので練習を行いましょう」

感じる視線に気付かないふりをする。

ちなみに、ルルはずっとわたしの横にいたりする。

スキルで姿を消しているだけで、わたしから離れたわけではない。

ルルいわく「会うと鬱陶しそうだから隠れてるよぉ」とのことだった。

どうやら前日の、あのオリヴィエとの話し合いの場で自分を見つけられなかったことでルルはオリヴィエへの興味が完全に失せたようだ。元より「興味って言ってもリュシーの敵だからって意味だけどねぇ」ということだった。

当のルルは暇そうに自分の爪を眺めている。

ウィンター先生に言われてオリヴィエがわたしの横にやや離れて立つ。

ウィンター先生がピアノの前へ座った。

「では、まずはセリエール男爵令嬢から、賛美歌を歌っていただきます。その後に王女殿下にもお願いいたします」

「はい」

「分かりました」

先にオリヴィエが歌うことになった。

ウィンター先生がピアノを弾く。賛美歌の曲が流れ出す。

女神への賛美歌は美しい曲だ。

透き通る穏やかな和音がどこか優しげで、厳かで、耳に残る音。

オリヴィエが息を吸う。

そしてピアノに合わせて高く澄んだ可愛らしい声が音楽室に響く。

……さすがヒロインちゃんの声。

ソプラノの澄んだ声は少女らしいものだ。

その声で歌われる賛美歌は伸びやかで、まだ大人になりきれていない少女特有の清廉さがある。

これはなかなかに、と思いつつルルを見るけれど、ルルは声も出さずに欠伸をこぼしている。

……本当に全然興味ないんだなあ。

そのうち飽きて座り込んでしまいそうだ。

わたしは黙ってオリヴィエの歌に耳を傾ける。確かに上手い。

賛美歌は一番から三番まであり、最後に高音の伸びが入って終わる。

最後まで伴奏を終えたウィンター先生が拍手をする。

わたしも拍手をしたが、オリヴィエに面白くなさそうな顔で視線を逸らされた。

……素直に凄いと思ったんだけどな。

「ありがとうございます、セリエール男爵令嬢」

そしてウィンター先生は何やら手帳にメモを行う。

それが終わると今度はわたしを見た。

「次は王女殿下、お願いいたします」

「はい」

今度はわたしの番だ。

ウィンター先生が伴奏を始める。

わたしの声はオリヴィエほどのソプラノではないけれど、先生に選ばれたのだから、自信を持って歌おう。一際大きく、深く息を吸った。

＊　＊　＊　＊　＊

リュシエンヌの歌う番になり、ルフェーヴルは爪を眺めるのをやめた。

オリヴィエ＝セリエールの歌も確かに上手い。

けれど、心に響かない。ただ歌を正確になぞっているだけ。

どこか自分に酔ったような歌い方なのだ。

ルフェーヴルからしたら別にどうでもいいという感じだった。

だがリュシエンヌが歌うとなれば違う。

ピアノの伴奏が流れてくる。

リュシエンヌがすぅっと息を吸い込んだ。

そして、その唇から賛美歌があふれ出す。

オリヴィエ＝セリエールほどのソプラノではないが、耳に柔らかく響く、落ち着いた艶のある声だ。非常に伸びやかで、裏返ることもなく、時に高く、時に低く、しっかりと音程が取れている。

何よりリュシエンヌの歌には感情がある。

リュシエンヌがルフェーヴルのために歌ってくれる賛美歌は、いつも、喜びと慈愛に満ちていた。

そして今回の歌もそうだ。その表情は柔らかく、楽しげだ。

艶のある声が幸せそうに賛美歌を歌う。

聴き慣れた心地好い歌声にルフェーヴルは目を伏せ、それに聞き入った。

この歌声を聴くと安心する。誰よりも近くでこの声を聴いていたいと思う。

ふと視線を上げれば、オリヴィエ＝セリエールが呆然と突っ立って歌うリュシエンヌを見る。

……そうだ、オマエとは違うんだよ。

リュシエンヌのほうがずっと上手い。歌姫として選ばれたことを誇っているのだろうが、それは
この学院の中で特に歌が上手いというだけだ。そこに歴然とした差があることを知ればいい。

オリヴィエ＝セリエールがギリリと歯を食いしばり、拳を握る。

歌っていたリュシエンヌと目が合った。

ふんわりと嬉しそうな笑みが浮かぶ。

きっと、自分も今、同じような笑みを浮かべていることだろう。

ルフェーヴルは歌うリュシエンヌを眺めた。

壁際に控えている騎士も歌に耳を傾けている。

この歌声がルフェーヴルは大好きなのだ。

＊＊＊＊＊

歌い終え、伴奏が終わると先生が拍手をする。

先生だけでなく控えていた騎士まで手を叩いた。

「ありがとうございます、殿下。素晴らしい歌声でした」

そしてウィンター先生が手帳にメモを取る。

チラリと横目に見ればルルが拍手のふりをしていた。

灰色の瞳が幸せそうに優しく細められる。

手帳にメモを取り終えたウィンター先生が顔を上げ、わたし達を見た。

「セリエール男爵令嬢はソプラノの少女らしい清涼な歌声が良いですね。もう少し歌に強弱をつけるともっと美しく聴こえるでしょう。それと伸びが少々足りません。息継ぎをする場所も直しましょう」

「……はい」

先生の言葉に一瞬ムッとしながらもオリヴィエは頷いた。

次に先生はわたしを見る。

「殿下は音程も歌声もはっきりしていますね。ただ歌い始めは良いのですが、後半は少し声がか細くなってしまうので、そこを直していきましょう」

「分かりました」

確かに歌っていると伸びの後半が少し苦しい。息が続かないせいだ。

つまり、声量を維持するために肺活量を増やす必要がある。

……腹式呼吸、だったっけ？

もっとお腹に力を込めて、お腹から歌うようにしなければいけないかもしれない。

「では今度は二人一緒に歌いましょう」

ウィンター先生の言葉に頷いた。

それから、二人一緒に歌ったり、交互に歌ったりして問題点を更に見つけていく。

歌いながら気付いた点がある。

「殿下は歌う度に少し歌の雰囲気が変わりますね」

自分でもこれまで気付かなかったけれど、自分の歌声を聴きながら歌っていて思ったのだ。

……わたし、結構気分屋な歌声だ。

「最初の歌は何を思って歌いましたか？」

先生の言葉につい笑みが浮かぶ。

「夫のことを思い出しておりました」

「ではその後は？」

「兄や父、いつもお世話になっている人達です」

「なるほど、だから違ったのでしょう。最初の歌が最も良かったので、今後はそのようにお願いいたします」

「分かりました」

ルルを想って、ルルのために歌う。それが一番良いと言ってもらえて嬉しい。

横でスキルを使用して隠れているルルもニコニコしている。

たとえオリヴィエに睨まれていたとしても。

それから更に一時間ほど練習をして、その日は終わった。

オリヴィエは礼をして出ていったけれど、どこか苛立った様子であった。

……そんなにわたしと一緒は嫌なのか。

すぐに出るとオリヴィエに追いついてしまうので、先生にいくつか歌のことで質問をしてから、騎士とルルを伴って音楽室を出た。生徒会室に向かう途中でお兄様に会った。

「何もなかったか？」

心配する言葉に苦笑する。

「騎士も先生も、もちろんルルもおりますから」

「そうか」

「はい。帰りましょう、お兄様」

「ああ」

お兄様の視線が騎士とルルに向かう。どうやらルルはスキルを解除したようだ。

振り向けば、ルルに腕を差し出される。

その腕に自分の手を預け、エスコートしてもらいながら帰宅の途に就く。

これからは練習の日々になる。豊穣祭まで後一月半だ。

困ったさん

最近、お兄様達が忙しい。あと一月もすると中期試験がある。

しかもその後は学院祭も行われるため、生徒会の役員は勉強と生徒会の仕事とで大変なようだ。

学院祭までは目の回る忙しさらしい。

ちなみに訊いてみたところ、学院祭で生徒会が劇を披露する予定はないそうだ。

そんな暇はないそうで、ここも原作と違う点だ。

「すまないが、学院祭が終わるまでは一緒に昼食を摂れそうにない」

と、お兄様は残念そうな顔をしていた。

普段の仕事に加えて、学院祭に関する仕事も増えて、お兄様達はお昼休みも生徒会室にいる。

わたしの休憩室で昼食を摂ってもいいけれど、たまにはカフェテリアで昼食も気分転換に良さそうだ。お兄様やロイド様、ミランダ様、エカチェリーナ様が申し訳なさそうな顔をしていたが、それはみんなが悪いわけではない。

「今日はカフェテリアに行こうかな」

午前の授業を終えて、廊下に控えていたルルの下へ行く。

わたしの言葉にルルが頷いた。

「分かりました」
差し出された腕に右手を添える。
そうしてルルにエスコートされつつ、カフェテリアへ向かう。
到着したカフェテリアは人が多い。
他の生徒達も昼食を摂りに来たのだろう。
お昼のカフェテリアは何だか新鮮だった。
思わず周りを見ていると、不意にルルにグイッと引き寄せられた。
力強い腕に体が引っ張られて横にズレる。
同時に、一瞬前にわたしがいた場所を人影が通り過ぎた。
…………あ。
柔らかな金髪に見覚えがある。
その金髪の女子生徒がわたしの真横で派手に転んだ。
転んだ音が大きくて、周囲の生徒達がみんな振り向いた。
「痛っ！」
転んだ女子生徒ことオリヴィエが声を上げる。
そして涙目で見上げられる。
「酷い！　突き飛ばすなんて！」
床に座り込んだまま、両手で顔を覆う。

……芸がない。

思わず、そうこぼしてしまいそうになり、慌てて口を噤んだ。

以前お義姉様にして失敗したというのに、懲りもせずにわたしに同じことをしようとしているようだ。周りの生徒が「何だろう？」とこちらを見る。

「邪魔だったなら言ってくだされば退きました！」

わっと両手で顔を覆って俯くオリヴィエ。

でも、周りは遠巻きに見ているだけだ。その中には「またか」という顔をしている生徒もいて、どうやらオリヴィエがお義姉様にした行いは既に広まっているらしい。

ルルがわたしを抱き締めたままオリヴィエを見下ろした。

「何か勘違いをされていらっしゃるのでは？　リュシエンヌ様はあなたに一切触れておりませんよ。それどころか尊い王女殿下にぶつかろうとしたのはそちらでしょう。私がリュシエンヌ様を引き寄せていなかったらどうなっていたことか」

ルルに「大丈夫ですか？」と問われて頷き返す。

抱き締めていた腕が緩んだので少し身を離し、オリヴィエを見れば、両手から顔を上げていた。

多少は瞳は潤んでいるが泣いてはいない。

「いいえ、私はぶつかろうとなんてしていません！」

「そうですか。ですが、リュシエンヌ様はあなたを突き飛ばしてなどおりません」

「そんな……っ、私は本当のことを言っただけなのに……！　横を通ろうとしたら突き飛ばされたんです！」

悲しげな表情はなかなかのものだ。

しかし、ルルにそれは効かない。

「そもそもリュシエンヌ様はエスコートの際、常に私の腕に手を添えておられるのです。それに横を通って突き飛ばされたのであれば、あなたは倒れる方向が違いますよ」

まだ腕の中のわたしを離さずにルルが言う。

もしわたしの横を通った時に突き飛ばされたなら、わたしに対して直角に倒れるはずだ。

だがオリヴィエはわたしに対して水平に転んだ。

これが、通り過ぎ様に足を引っかけられた、というのであればおかしくない。

でもこの状況だとわたしがわざわざ振り返って横を通ったオリヴィエの背を押さない限り、その方向に倒れるのは変なのだ。

けれどもエスコートを受けているわたしが振り向けば、当然、ルルも気付くはずだ。

「リュシエンヌ様は進行方向の少し先をご覧になられておりました」

だから違うのだと言う。

すると遠巻きに見ていた生徒の一人が「あの……」と小さく手を挙げた。

「王女殿下とニコルソン子爵の後ろにおりましたが、子爵のおっしゃられる通り、王女殿下は彼女を突き飛ばしてなんていません」

その生徒の言葉に周囲からヒソヒソと声がする。

「そういえば、あちらのご令嬢が走っていたな」

「まあ、淑女が走るなんて……。ぶつかりそうになったのはご令嬢のほうではないのかしら？」

「それなら、謝るべきはご令嬢だな」

そんなような会話がちらほらと出てくる。

場の空気は完全にオリヴィエに非があるという意見になっており、オリヴィエが唇を噛み締める。

お義姉様のことがあったからこそ、周囲の生徒達もオリヴィエに対して懐疑的だったのだろう。

その点ではオリヴィエの軽率さがわたしに味方した。

前回、お義姉様にやって失敗したのを忘れたのだろうか。

恐らく、オリヴィエも突然見つけたわたしを何とか悪役に仕立て上げたかったのだろう。

後先考えていないのがよく分かる。一度使った手は、二度は通用しない。

分が悪いと悟ったのか、オリヴィエは涙目のまま、ふらふらと立ち上がった。

「も、申し訳ありません……」

それだけ言うとパッとその場を離れ、カフェテリアからも走り去ってしまった。

……ええ？

周囲の人々も「え」という顔をする。多分みんな「それだけ？」と思っただろう。

王女相手にこんな騒ぎを起こしておいて。わたしは苦笑してしまった。

本当にオリヴィエは分かっていない。前言撤回、一週間の再教育も意味を成さなかったようだ。

「皆様、お騒がせしてしまい申し訳ありません。どうやらご令嬢の勘違いだったようで、貴重なお時間を取らせてしまい失礼いたしました」

謝罪の意味を込めて丁寧に礼を執る。

それから声を上げてくれた生徒にも礼を言う。

「先ほどはありがとうございました。あなたが声を上げてくださったおかげで誤解が解けました」

声を上げた生徒が照れた顔をする。

「いえ、王女殿下のお役に立てて光栄です」

お礼のために名前を訊いたところ、その生徒は平民で、裕福な商家の出身だった。

今度、必ず商会で買い物をさせてもらうと約束すれば嬉しそうにしていた。

それからその生徒と友人だという人達と昼食を共にして、午後の授業へ戻ることになった。

＊　＊　＊　＊　＊

「リュシエンヌ様、お疲れ様でございました」

放課後、付き合いのあるご令嬢達とカフェテリアでお茶会をしていると、そう声をかけられた。

昼休みの出来事がもうご令嬢達の耳まで届いているらしい。

あの場を直に見た者もいたのかもしれない。

「わたしはそれほどでも……」

正直、あっという間の出来事だった。

それにオリヴィエにはルルが対応してくれた。

わたしがあれこれ言うよりも、オリヴィエが思いを寄せているルルに反撃される方が、オリヴィエにとっては悔しいことだろう。ルルはこのお茶会でも当たり前のようにわたしの横に座っている。わたし達の仲をよく知るご令嬢達は、ルルがこうして参加していても何も言わない。

それどころか温かい笑みで流してくれる。

……まあ、基本的にルルは喋らないし。

そこにいるけれど、いないようなものだ。今も黙ってわたしの取り皿に一口大のケーキを取り分けたり、空になったティーカップに紅茶を注いだり、甲斐甲斐しく世話をしてくれている。

「私も見ましたが、まさかきちんと謝罪もせずに走り去るとは思いもよりませんでしたわ」

「走るだけでもはしたないのに、王女殿下に一方的に罪をなすりつけようとした挙句に謝罪までさせるなんて。ご自分の身の程を弁えていらっしゃらないご様子でしたわね」

「まあ、弁えていらっしゃる方はそもそもあのような行いはなさいませんことよ？」

このお茶会にいるのは高位貴族のご令嬢達だ。

彼女達の今の話題はオリヴィエについてである。

昼休みのこともそうだけれど、これまでの行いに関しても知っているようだった。

「以前もあのご令嬢はリュシエンヌ様の悪評を広めようともしましたわよね？」

「あの時はあの男爵令嬢の周りの方々が止めていらっしゃったそうよ。でもそういった方々も大半がかの男爵家とは縁を切ったとか」

「それはそうだわ。そんな不敬なことを考えるような家と関わりなんて持ちたくありませんもの」

貴族社会では醜聞《スキャンダル》はよくあること。

それでも王族に関わるとなれば話が別だ。

どこの貴族の不倫だの浮気だのといったものとは訳が違う。

王族の醜聞《スキャンダル》は知っていても口に出さない。不敬と受け取られかねないからだ。

「どうしてあの男爵令嬢はリュシエンヌ様にそこまで叛意を持っていらっしゃるのかしら？」

「あの方、エカチェリーナ様にも今日の昼休みと似たようなことを以前したそうですわ」

「何をなさりたいのでしょうね」

そこで不意にルルが口を開いた。

「実は、かの男爵令嬢は私に気があるようで……」

その言葉にご令嬢達が「まあ！」「あら……」と驚いて手や扇子で口を覆う。

ルルが悲しげに目を伏せた。

「私はリュシエンヌ様だけを愛しております。この婚姻も想い合ってのものです。それなのに、かの男爵令嬢はリュシエンヌ様から私を奪おうとしているのです……」

演技と分かっていても悲しそうなルルを見ていられなくて、思わずその手を握る。

するとルルが大丈夫だというふうにわたしへ微笑む。

でも少し悲しそうな笑みに、ご令嬢達がほうっと感嘆の息を吐くのが聞こえた。

「リュシエンヌ様、あの男爵令嬢を放っておいてよろしいのですか？」

「私共で注意いたしましょうか？」

ご令嬢達の言葉に首を振る。

「皆様のご厚意は大変嬉しいです。けれども、あの男爵令嬢にわざわざこちらから関わる必要はございません。彼女もわたしに不敬を重ね続ければどうなるか、王女の悪評を広めて夫を奪おうとした罰も、然るべき時に身をもって知ることになるでしょう」

あえて泳がせているのですよと暗に伝えれば、ご令嬢達はあっさりと「そうなのですね」「かしこまりました」と引く。

もしわたしが彼女達に注意するよう頼み、彼女達がオリヴィエに注意すれば、それこそオリヴィエを喜ばせるだけだ。原作通りにするために、王女の取り巻き達に虐められたと声高に言うだろう。

でもそんなことにはならない。

本人のわたしが黙って無視している以上、他のご令嬢達がでしゃばることはない。

「そのためにも皆様には以前お送りしたお手紙の通り、ご協力していただくことになりますが……」

「かの男爵令嬢にリュシエンヌ様の動きがそれとなく届くように既に整えてございます」

「ええ、心得ております」

「ありがとうございます」

オリヴィエにわたしの様子が伝わる。

オリヴィエはわたしを悪役にするために必死になって近付くだろう。

今日の昼休みの時のように。

話をしながら、もしかしたら昼休みの時に声を上げた生徒もここにいる高位貴族のご令嬢達の誰かの手の者かもしれないと思う。それくらい、あの時はタイミングが良かった。

そうだとしても構わない。

周囲にオリヴィエが悪なのだと認識させられれば、こちらの勝ちなのだ。

お義姉様への件もあって、オリヴィエの言動を信じる者は殆どいないだろう。

最初から勝敗の決まった戦いだ。

「そういえば、皆様はもう卒業パーティーのドレスをお決めになりましたか?」

このままでは延々とオリヴィエの話題が続きそうだったので話を切り替えるために話題を出す。

するとご令嬢達はそれに乗ってくれる。

「ええ、決めました」

「風の噂で耳にしましたが、リュシエンヌ様はドレスを異国風になさるとか。本当でしょうか?」

「あら、それは初耳ですわ」

ドレスの話になると和気藹々《わきあいあい》とした雰囲気になる。

それに頷き返していると、パタパタと足音がした。

もしや、と思って顔を動かせば窓から差し込む夕日に照らされた柔らかな金髪が目に入る。

息を切らせて走ってきたのはオリヴィエだった。

……罠に食いついてきた。

ご令嬢達の会話が止んだ。

息を切らし、それでもオリヴィエが顔を上げる。

「酷いです、王女殿下っ」

またこれだ。何かにつけて「酷い、酷い」と彼女は言う。

何が酷いのかさっぱり分からない。

「何がですか？」

涙目でオリヴィエが口を開く。

「どうして私だけお茶会に招待してくださらないのですか？　確かに我が家は男爵家と爵位が低いですが、それでも貴族の一員です！」

ふっと懐かしい感覚に襲われる。

……ああ、そっか。

オリヴィエの台詞は原作通りのものだ。

リュシエンヌが放課後に大規模なお茶会を開き、学院に通う貴族のご令嬢達を招いて優雅な時を過ごす。ヒロインちゃんにも招待状が届くのだ。しかし行ってみると席がない。

座る場所がなく、途方に暮れるヒロインちゃんをリュシエンヌとその取り巻き達が嘲笑う。

そしてヒロインちゃんはお茶会を追い出され、一人泣いていると最も好感度の高い攻略対象が声をかけてくれる。時には席がなかったり、時には招待状が送られて来なかったり、わざと時間や日時をズラした招待状だったこともあった。そんなことが何度か繰り返されるのだ。

そのうち、攻略対象達がついて来てくれたり、悪役達に物申してくれたりする。

……確かそういう流れだったはず。

でも残念、と内心で思う。

「どうしてあなたを呼ぶ必要があるのでしょう？」

わたしはわざとらしいほどゆっくり首を傾げた。

「このお茶会は高位貴族の、それもわたしと関わりのある方々のみをお招きしたものです。むしろ男爵令嬢に過ぎないあなたを招待しては、困るのはあなたのほうですよ。何より、わたしとあなたはお茶会に招待する仲でもございません」

オリヴィエがわたしの言葉を聞いて周りを見た。

大きなテーブルを囲んでいるけれど、お茶会自体はそれほど大規模なものではない。

オリヴィエが勘違いしているのは放課後にカフェテリアで過ごす生徒達の存在だろう。

ご令嬢達が多いために大規模なお茶会に遠目からでは見えたのだろうが、よく見れば他の席には男子生徒の姿もある。

「え……」

オリヴィエにご令嬢達の視線が突き刺さる。

殆どのご令嬢が扇子で顔を半分隠した。それは拒絶の意味を表している。

男爵令嬢《オリヴィエ》などお呼びでない。そういう態度であった。

第一、高位貴族のお茶会に下位貴族を招くことはないし、その逆もありえない。

高位貴族と下位貴族では習得する礼儀作法の程度に違いもある上に、お茶会で用意される物も爵位によって差が出てしまう。高位貴族のお茶会に下位貴族が出席するには、そのお茶会に見合った装いに手土産を用意し、恥ずかしくないように作法を学び直す必要がある。

装いや手土産の用意だけでも下位貴族では財政を圧迫してしまう。

そして下位貴族のお茶会に高位貴族を招く場合、招く側が高位貴族に合わせたお茶会を開かねばならなくなる。当然、他の出席者もお茶会に見合った装いなどを強いられる。

高位貴族と下位貴族でお茶会を分けるのにはそういう理由がある。

王家主催の舞踏会や園遊会なども、基本的に装いは問わないし、出席も自由ということで決まっている。大抵の下位貴族は高位貴族の下げ渡しなどを手に入れ、少し直して着るのだが、そうもいかない家もある。どうしても衣装がない場合は出席しない。

表向きは別の理由を述べているが、そういう家も実は少なくない。

「さあ、どうぞお引き取りください」

呆然とするオリヴィエに言う。わたしが転生者だと知っているだろうに。

そのわたしが原作と同じことをすると、どうしてそこまで自信を持てるのか不思議である。

それでもオリヴィエは立ち竦んだままだった。

「卒業パーティーの衣装ですが、どのようなデザインなのかお訊きしてもよろしいでしょうか?」

「わたくしも知りたいですわ」

ご令嬢達がオリヴィエから視線を外す。

完全にいないものとして扱われ、他の席の生徒達からクスクスと笑われ、羞恥でオリヴィエの顔が真っ赤に染まった。

新緑の瞳がルルを見た。

「ルフェーヴル様、王女殿下が私を虐めるんです……！」

今にも泣き出してしまいそうな顔で言う。

庇護欲をそそる外見もあり、何も知らなければ本当に虐げられていると思ったかもしれない。

しかしルルは不快そうに眉を寄せた。

「名前で呼ばないでいただきたい。あなたに名を呼ぶことを許した覚えはない。不愉快だ」

冷たい声でピシャリと返され、オリヴィエが目を丸くした。

「ルフェーヴル、様……？」

ルルは更に顔を顰める。そしてオリヴィエから顔を背けた。

「まあ、礼儀がなっておりませんのね」

「相手から了承も得ずに勝手に名前を呼ぶなんて」

「きちんと教育を受けた貴族であれば、ありえませんわ」

「きっと男爵家では満足な教育も受けられないのね」

「それか本人の問題かしら？」

ご令嬢達が扇子の下でクスクスと笑う。

オリヴィエがこちらをギロリと睨めば、ご令嬢の一人が「あら」と声を上げる。

「王女殿下を睨むなどと不敬だこと」

「……多勢に無勢で虐めるほうが人としてどうかと思います」

「何か勘違いされていらっしゃるようですが、わたくし達は虐めてなどおりませんわ」

オリヴィエの言葉にご令嬢達が心外だと返す。

「招かれてもいないのにお茶会に乱入してきた挙句、王女殿下の言葉を無視して居座っているのは一体どなたかしら？」

「しかも王女殿下の御夫君《ごふくん》に懸想して、嫌がられているのが分かっていないなんて不思議だわ」

「分かっていたら許可も得ずに名前を呼ぶという無作法をしないでしょう」

「それもそうですわね」

オリヴィエが何を言ってもご令嬢達には敵うまい。

だが、これ以上やれば本当に虐めになってしまう。

「皆様、どうかその辺りで」

そう言えばご令嬢達が静かになる。

「セリエール男爵令嬢、貴族の常識では相手の許可なく名前を呼ぶことは失礼に当たります。わたしの夫はあなたにその権利を与えていません。ですから、あなたはわたしの夫をニコルソン子爵と呼ばなければなりません」

オリヴィエは黙って唇を噛んでいる。

ヒロインならルルに会えば助けてもらえると思ったのかもしれないが、それは間違いだ。

ルルがオリヴィエを助けることはない。

……むしろ面倒だから今すぐにでも消したいって感じだよね。

それをわたしが止めているのだ。

「さあ、理解したなら下がりなさい。いつまで残っていても、高位貴族のお茶会に男爵令嬢の席はありませんよ」

そう言えば、オリヴィエが俯いた。無言で踵を返して走り去っていく。

ご令嬢達がそれに眉を顰めた。

「まあ、挨拶もなさらなかったわ」

乱入してきた挙句に勝手に走り去っていく。貴族にはあるまじき行動だ。

「本当に貴族なのかしら？　マナーすらなっていないのにご自分を貴族の一員だとおっしゃっていたけれど……」

「そういえばあの方、対抗祭の間は謹慎処分だったそうですわ。エカチェリーナ様の件で騒ぎを起こしたでしょう？　他にも色々あって学院側から一週間の謹慎を言い渡されたとか」

「謹慎なんて一体何をしたのでしょうね？」

……あー、まあ、机を破壊したり？

あれもしっかり学院側は把握しているから。思わず苦笑が漏れた。

「まあまあ、皆様、男爵令嬢《こまったさん》についてはそれくらいにいたしましょう。せっかくのお茶会なので、皆様と楽しく過ごしたいです」

横でまだ機嫌の悪そうなルルの手を握る。そうすればしっかり握り返してくれた。

見上げれば、灰色の瞳から少し険しさがなくなって、雰囲気も和らいでいる。

名前を呼ばれたのがよほど嫌だったようだ。

かくいうわたしもオリヴィエの前ではルルを愛称で呼ばないように気を付けている。

うっかりルル、なんて呼ぼうものなら、絶対にオリヴィエは自分も呼ぼうとするはずだから。

……ルルをルルと呼んでいいのはわたしだけだ。

「そうですわね、せっかくのお茶会ですもの」

「何の話をしていたかしら？」

「卒業パーティーのドレスについてですわ」

その後は和やかなお茶会となった。

オリヴィエは罠の一つにかかった。今のやり取りを見ていた生徒も多い。

たとえオリヴィエがわたしに虐められたと言っても、目撃していた生徒達は否定するだろう。

むしろ王女のお茶会に乱入してきた無作法者としてオリヴィエの方が冷たい目で見られる。

オリヴィエはわたしの悪評を広めようとした。

だからわたしも反撃する。ただでさえあまり良い噂を聞かないオリヴィエが、こういった言動を繰り返したらどうなるだろうか。少なくとも味方はいなくなる。

……別にヒロインになりたいわけじゃないけど。

オリヴィエの魂を分離して封印する魔法もかなり構築が進んでおり、あともう少しで完成する。

そうしたら、これまでの件を問題にしてオリヴィエや男爵家に責任を追及する。

判断が下された後にオリヴィエに魔法をかけて、封印したら、王都からの追放という名目でオーリを地方に逃せば良い。今のところ東にある大きな教会付きの修道院が候補に挙がっている。

規律は厳しいが、他の修道院に比べて過ごしやすく、町からも近いので不便はないそうだ。

……早く魔法を完成させないと。

＊　＊　＊　＊　＊

王城への帰りの馬車で、ルフェーヴルが言う。

「アリスティード、帰ったら手合わせの相手してくれなぁい？」

いつもはアリスティードから鍛錬の相手を頼むことはあるが、ルフェーヴルから相手になってほしいと声をかけられるのは珍しい。アリスティードが目を瞬かせた。

「それは構わないが、珍しいな？」

「ちょ～っとイライラすることがあってねぇ」

アリスティードがリュシエンヌを見る。

それにリュシエンヌが苦笑しつつ、隣にいるルフェーヴルの手を取って握る。

「セリエール男爵令嬢がルルの名前を断りなく呼んだのが、ルルには凄く嫌だったみたいで……」

リュシエンヌの説明に、アリスティードが「なるほど」と納得した様子で呟いた。

貴族の間では相手の許可を得ずに名前を呼ぶことは無礼な振る舞いとされている。

そして、ルフェーヴルはオリヴィエ＝セリエールのことが好きではないので、名前で呼ばれること自体が酷く不愉快であった。

「リュシーだって、あの男爵令嬢の前ではオレのことルルって呼ばないでしょぉ？」

「うん、わたしがルルのことをルルって呼んでいるのを聞いたら、絶対勝手に呼び始めるのは分かってるからね」

「名前だけでもこんなに不愉快なのに、アレに愛称呼びされたらうっかり殺しちゃうかもぉ」

想像するだけでもルフェーヴルは、うげ、と嫌な気持ちになった。

人に名前を呼ばれただけで、ここまで不愉快に感じるのは初めてである。暗殺者になる以前、その技術をルフェーヴルに叩き込んだ師は、同時に弟子達をよく過酷な状況に放り込んだ。

暗殺者はいついかなる時も冷静であれ。

そのためには心を殺せ。感情を殺せ。

どのような状況でも耐える精神力が必要だ。

それが師の口癖であった。

ルフェーヴルはそんな師に鍛え上げられて、並大抵のことでは動じない精神力を手に入れた。

人間にとっては酷く不快な環境でも過ごせるし、苦痛にも強くなったし、不測の事態が起こっても冷静に対応出来る。しかし今回の不愉快さはそれとは別物だった。

ただ名前を呼ばれただけなのに。

自分の中にもまだこんなに強い負の感情があったのかと驚かされた。

正の感情はリュシエンヌが与えてくれた。

それは心地好いものだった。

けれども負の感情はとにかく不快だ。

「ルフェーヴルがそこまで誰かを毛嫌いするのも、そうないよな？　そもそもお前はリュシエンヌと自分以外は興味ないだろう？」

「まぁねぇ」

アリスティードの言葉にルフェーヴルは頷いた。

ルフェーヴルにとって重要なのはリュシエンヌであり、自分はその次くらいで、他は大体どうでもいい。こうして会話しているアリスティードでさえ、ルフェーヴルからしたら、あくまでリュシエンヌの兄だから関わっているだけで。

リュシエンヌがいなければ、ルフェーヴルはアリスティードと関わることはなかっただろう。

いや、アリスティードどころか、自分以外の人間に興味を持つことすらなかったはずだ。

その点では、ルフェーヴルも自分自身がリュシエンヌと出会って成長したことを実感している。

「でもアレに関しては別だよぉ。オレの中では今一番殺《け》したい相手だからぁ、情報収集のために意識を向けてるって感じぃ？　嫌だけど仕方なくってやつ〜？」

アリスティードが苦笑する。

「言いたいことは分かる。私も関わりたくないが、向こうの動きが分からないとそれはそれで不安というか、落ち着かない感じはあるな」

「知りたくないけど調べちゃうんだよねぇ」

「そうだな」

頷き合うアリスティードとルフェーヴルに、リュシエンヌは黙って微笑んでいる。

その手はルフェーヴルと繋がったままだ。

どんなに苛立っていても、リュシエンヌと触れ合っているとルフェーヴルの負の感情は消えていく。それについてルフェーヴルはリュシエンヌに言ったことがないけれど、まるで知っているかのようにリュシエンヌは自然にルフェーヴルへ触れる。

そんな些細なことがルフェーヴルは嬉しかった。

この喜びという感情すら、リュシエンヌがルフェーヴルに与えてくれたものだった。

「まあ、帰ったら手合せの相手はしよう。ただし魔法はなしだ」

と言うアリスティードにルフェーヴルも頷いた。

女神の祝福を受けた全属性持ちの二人が魔法で戦ったら周囲がどうなるか、考えるまでもない。

「それでいいよぉ」

僅かにくすぶる苛立ちは剣でもぶつけられる。

小さく笑ったルフェーヴルに、アリスティードが微妙に口元を引きつらせて「加減しろよ」と言ったが、ルフェーヴルは笑うばかりで返事をしなかった。

＊　＊　＊　＊

お茶会の件はすぐに生徒達の間で広まった。

実際に見ていた生徒の話やお茶会に参加した令嬢の話もあり、きちんとした情報を得た者はオリヴィエの無作法に眉を顰めた。

オリヴィエがお茶会で虐められたと話しても、殆どの者は、表面上は話を聞いたが、その内容までは信じなかったそうだ。おかげでオリヴィエに関わろうとする人間はかなり減った。

今、彼女の周りにいるのは何かしらの思惑を持っている人間だけだろう。

そしてその人達はオリヴィエの味方ではない。

だがオリヴィエはそれを理解していないようだ。

その周囲の人達に「わたしは王女殿下に虐められているの……」と涙ながらに日々、虐めの内容を語っているそうだ。

呼び出されて脅された。お茶会を追い出された。

その他にも豊穣祭の歌姫に共に選ばれたが、放課後の練習で王女に虐められているとか。

まあ、確かに呼び出したのはわたしだし、警告をしたのもわたしだし、それを脅されたと受け取ることも出来るだろう。お茶会を追い出されたというのも強ち《あながち》間違いではない。

中には噂の真偽を確かめに来る猛者もいた。

「王女殿下、一年のセリエール男爵令嬢がこのようなことを話していたのですが……」

そう尋ねてくる生徒の殆どは『そんなことないだろうけど』という顔をしている。

だからわたしは苦笑しながら答えるのだ。

「彼女はわたしの夫や兄に擦り寄ろうとするので一度呼び出して注意したのです。お茶会は高位貴族の、わたしと関わりのあるご令嬢達を招いたものだったのでご遠慮いただきました。放課後の練習では挨拶以外で言葉を交わしたことはありません」

そう返せば『やっぱり』という顔をされる。

「不躾な質問をして申し訳ございません」

「いいえ、こうしてきちんと訊いていただけるほうがわたしとしても助かります。彼女の言葉を信じてしまう方もおられるかもしれませんので」

訊かれる分には答えられる。逆に訊かれていないことを慌てて否定すると「本当は事実なのでは？」と疑われてしまう場合がある。だから自分に後ろ暗いところはないのだと堂々としていればいい。

何より、ちょっと考えれば嘘か本当かなんて簡単に分かることだ。

男爵令嬢に過ぎないオリヴィエ。王女のわたしが本気で排除しようと思えば、社交界から弾き出すことも、男爵家に打撃を与えることもすぐに出来る。

ただ一言「セリエール男爵家の者と会いたくない」とだけ口にすれば良い。

王女であるわたしの不興を買ったことが知れ渡れば、他の貴族達はセリエール男爵家との付き合いを断つだろう。わたしが参加するような大規模なお茶会や舞踏会では招待状すら届かなくなる。

それ以外でも、恐らく招かれなくなる。

もしも招いたことで、自分達にも飛び火したらと思うと大体の貴族はセリエール男爵家を敬遠するだろう。そうなれば社交界からは爪弾きにされる。

オリヴィエも、オリヴィエの両親である男爵夫妻も王都では暮らしにくくなる。

わざわざ遠回しな虐めなんてしなくても本気で嫌っているならば、そうすればいいのだ。

王族の影響力とはそれほどのもので、たとえ目立たない王女であっても、それくらいの力はある。

わたしがその手段を使っていないことからして、噂の真偽は知れているということだった。

「訊きに来た私が言えたことではないかもしれませんが、そんな者がいるのでしょうか？」

それにわたしは微笑んだ。

「分かりません。しかし、一方の言い分だけを聞いて判断するのは良くないことです。もし他の方がこの件で疑惑をお持ちでしたら『遠慮なく訊きにいらしてください』とお伝えください。わたしはいつでもお答えします。それを聞いた上で判断してほしいと思っています」

生徒が感じ入った様子で何度も頷いた。

「他の者にもそのようにお伝えします」と言い、丁寧に礼を執り、去って行った。

それを見送りながら考える。

……なかなか上手くいっている。

オリヴィエの印象を悪くするのは簡単だった。

元の悪評もあるけれど、ヒステリックに騒ぎ立てる男爵令嬢《オリヴィエ》と、堂々と落ち着いた様子の王女《わたし》とでは、どちらを信じるかはその態度からも判断出来る。

そもそも貴族は感情的に騒ぐのを恥と思っている。

オリヴィエのように人前で泣いたりテーブルを叩くといった騒ぎを起こしたりするのは貴族のご令嬢としては失格だ。それだけでも淑女の教育が身に付いていないのが分かってしまう。

貴族の間ではオリヴィエは貴族の令嬢としての評価自体が低いのだ。

オリヴィエがムキになって騒げば騒ぐほど、相対的にわたしの評判は良くなる。

寛容で、穏やかで、王族の権力を必要以上に行使せず、毅然とした態度で歯牙にもかけない。

ここでわたしもムキになって反撃してはいけない。

オリヴィエと同じ位置まで落ちる必要はない。

次の授業のために教室を移動していると、途中でウィンター先生に声をかけられた。

「セリエール男爵令嬢の話を耳にしたのですが、大丈夫ですか？」

心配そうに言われて微笑み返す。

「はい、わたしは大丈夫です。ご心配していただき、ありがとうございます。でもどこでお聞きになられたのですか？」

案外、生徒の間で流れている噂を教師が知らないということは多い。

……いや、この世界ではそうでもないかな？

教師も貴族が多いから、注目の話題などは自然と社交界でも耳にするだろう。

オリヴィエには王女の悪評を広めようとした件と、クリューガー公爵令嬢に冤罪をかけようとした件で前科が二回もある。学院の生徒だけでなく、社交界でも注目されている可能性もありえる。

「放課後の練習の様子を訊きに来る生徒が何人かおりまして、何故そんなことをと尋ねたら教えてくれたのです」

「そうだったのですね」

「きちんと噂については否定しておきました。王女殿下とセリエール男爵令嬢は挨拶以外、一言も言葉を交わしていませんから、王女殿下が彼女を虐めた事実はありません。それについては私が証言出来ますので、何かあれば力になります。男爵令嬢にも注意しておきましょう」

先生の言葉に頷いた。

「ええ、お願いいたします。わたしよりも第三者である先生に否定していただけたほうが皆様もどちらが事実なのか判断出来るでしょう」

ウィンター先生が眉を下げる。

「放課後の練習は別々にしましょうか？」

確かに別々にすれば、その噂はなくなるだろう。

でもそれだとわたしがオリヴィエを避けたことになる。

わたしは何もしていないのだから、そんなことをする必要はないし、オリヴィエと顔を合わせたって構わなければいい。勝手に向こうが突っかかって来て、周りがその様子を見て判断してくれる。

「いいえ、そのままでも大丈夫です。わたしは何も悪いことをしていませんから、男爵令嬢を避ける理由もありません。練習を別々にしたら先生にご負担をかけてしまうでしょう。それはわたしの望むところではないのです」

ウィンター先生だって忙しい身なのだ。わざわざ分ける必要はない。

「まあ、お気遣いありがとうございます」

ウィンター先生が柔らかく微笑んだ。わりと厳しい先生なので珍しい。

「わたしとセリエール男爵令嬢の問題なのに先生にご迷惑をおかけしてしまうのは心苦しいという、わたしの自己満足に過ぎないのです」

「それでも私は王女殿下のお気遣いに感謝いたします」

「そう言っていただけるとわたしも嬉しいです」

ウィンター先生に、これまでと変わらず男爵令嬢に接してほしいとお願いして別れる。

真面目なウィンター先生ならば今回のことがあったとしても、表面上は今まで通りに接するだろう。だが他の教師達とも恐らく話を共有する。他の教師達もオリヴィエに疑念を持つ。

もしかしたらリシャール先生が何か言うかもしれない。

学院側も、オリヴィエが机を壊し、クリューガー公爵令嬢との間に起こした問題も知っているので、多分今回のオリヴィエの言葉も信用しないと思う。

むしろ謹慎は無駄だったかと失望するだろう。

ウィンター先生と別れれば、途端にクラスメートに話しかけられた。

「あんな話、私達は信じておりません。リュシエンヌ様の普段のご様子を見ていれば、誰かを虐めるなんてありえないと分かります」

「ええ、それどころかリュシエンヌ様を悪者にしようとする男爵令嬢のほうが嫌がらせをしている側ですよね」

「リュシエンヌ様はあんな話、気にする必要はありません」

慰めるように声をかけられて微笑む。

「皆様、ありがとうございます」

オリヴィエは罠にかかった。それは暴れれば暴れるほど沈んでいく。

……気付くかな？

いや、オリヴィエは気付かなさそうだ。だからこんな状況になっているのだ。

「リュシーって意外とこういうことも出来るんだねぇ」

帰りの馬車でルルに言われて訊き返す。

「こういうことするわたしは嫌？」

「嫌じゃないよぉ。だって、リュシーが本気で怒るのはいつだってオレが関係することだけだしい？　そういうところがかわいいよぉ」

ルルはわたしのことをよく分かってくれている。抱き締められてホッとした。

……そうだね。

オリヴィエがルル狙いでなければ、きっとここまでやろうとは思わなかったはずだ。

わたしからルルを奪おうとするから反撃するのだ。

「リュシーがオレに独占欲を感じてくれて嬉しいよぉ」

よしよしとわたしの頭を撫でるルルはとても嬉しそうだった。

＊　＊　＊　＊　＊

ここ最近、学院はとある話題でもちきりだ。

一年のセリエール男爵令嬢――……つまりオリヴィエが「王女殿下から虐めを受けている」という虚言を騒ぎ立てているそうだ。

友人の減ったレアンドルの耳にも届いたのだから、きっと学院中の生徒達も既に知っている。

レアンドルも話を聞いて眉を顰めた。王女殿下に呼び出されて脅されただの、お茶会を追い出されただの、豊穣祭の歌姫の練習で虐められているといった内容もあった。

しかしレアンドルが会ったことのある王女殿下はとてもそのような行いをする人物ではない。

兄である王太子殿下と同様に真面目に公務を行い、慈善活動にも熱心で、何度か会って言葉を交わしたこともあるけれど、物静かで落ち着いた大人びた方だった。

オリヴィエが騒ぐような虐めをするとは思えない。

それにオリヴィエは対抗祭を含めた一週間の間、学院側から謹慎を言い渡されていたようなのだ。

その理由は二つ。

一つは学院の机を故意に破損させたこと。

一つはクリューガー公爵令嬢との騒ぎを起こしたこと。こちらに関しても話を聞いたが公爵令嬢に一切非はないものだった。

それらが悪質と判断されて、学院の生徒として相応しくないと謹慎処分になったそうだ。

そうして謹慎が明けてすぐにこれである。

レアンドルは改めてオリヴィエが自分の知っているオリヴィエ＝セリエールと全く違う性格の人間だと思い知らされた。数少ない友人達にも「離れて正解だな」と言われた。

このまま行けばオリヴィエは破滅する。

もう関わるべきではないと分かっていても、レアンドルは一言忠告したかった。

オリヴィエの中にいるもう一人のオリヴィエのためにも、これ以上の愚行を重ねさせるべきではない。

「セリエール男爵令嬢」

人目がない時を見計らい、レアンドルはオリヴィエに話しかけた。

恐らく、今を逃せばもう二度と話しかける機会は手に入らないだろう。

振り向いたオリヴィエの新緑の瞳が輝いた。

「レアンドル？　私を助けに来てくれたの？」

嬉しそうに微笑まれてレアンドルは眉を寄せた。

「いいえ、あなたに忠告をしに来ました。それから私のことは家名で呼んでください」

「そんな、私達友達でしょう？　どうして他人行儀な話し方をしてるの？」

「以前手紙で申し上げた通り、私達の関係は終わりました。もう友人ではありません」

オリヴィエの新緑の瞳が揺れた。

ショックを受けて泣き出すかと思ったが、その瞳は不満そうに眇められただけだった。

「あっそ、なら別に良いわ。アリスティードの側近候補じゃなくなったなら、攻略対象から外れただろうし。ヒロイン《わたし》を愛さないキャラなんて要らないわ」

オリヴィエはそう言い捨てると踵を返して歩き出す。

その態度にレアンドルは唖然とした。これまでのオリヴィエとは全く違っていた。

あまりにも意味不明な言葉で、あまりにも自分勝手なものだということだけは理解出来た。

「セリエール男爵令嬢っ、これ以上王女殿下を侮辱すれば、ただでは済まないぞ⁉」

レアンドルが慌てて立ち去ろうとする背中に声をかける。

だがオリヴィエは振り返らなかった。

その完全な拒絶にレアンドルは何も出来なかった。

オリヴィエではないオリヴィエ。

その存在をまざまざと見せつけられて、しばらくその場を動くことも忘れた。

……どうすれば助けられる？

王女殿下のように魔法を開発するほどの才はない。神殿にも通って調べてはいるが望むような情報は手に入らず、オリヴィエもうレアンドルの話を聞くことはない。

これ以上関われば、オリヴィエにもレアンドルにも良くない結果になることは想像に難くない。

レアンドルは途方に暮れて佇む。彼に出来ることはもう何もなかった。

封印魔法

オリヴィエとの対面から一月後。

わたしは相変わらず宮廷魔法士長の下へ、オリヴィエを封じる魔法を作るために通っていた。

封印魔法はとても難しい。交じり合っているオリヴィエとオーリの記憶を分離して、それぞれを個とし、それに結界魔法を応用した封印の魔法をかけて内側で眠らせる。人間の精神に作用するので本来は禁忌だ。

お父様の許可を得ているけれど、これが成功するかも少し心配だ。

出来上がったとしても試すことが出来ない。

宮廷魔法士長とルルと三人でそれでも作った。

封印魔法にはきちんと解除も組み込んでおく。オリヴィエの場合は解除は不要かもしれないが、こういう魔法を生み出す者として、解除法を共にしておくのは当然のことだった。

そうして三ヶ月。豊穣祭の直前に、魔法は完成した。

「ようやく完成いたしましたね」

初めて生み出す魔法にはみんな苦戦した。

発動して効果を確かめることも出来ず、魔法式を作り、それを読み解いて効果がどうなるのか予想しながら更に新たな魔法式を交ぜ合わせてという作業だ。

全員でああでもない、こうでもない、と何度も話し合った。

出来る限り、対象に負担をかけないようにした。

魔法発動時には対象者は眠りに落ちる。そして記憶が二つに選り分けられる。

恐らくその間、対象者は自分の記憶を追体験するか、夢のように思い出すかしていると思う。

そうして選り分けられた記憶、個別に分けられた人格のうちの片方を発動者が選ぶことが出来る。選んだほうに結界が張られ、記憶が交ざらないようにし、封印で結界が崩れないようにする。イメージで言うと鎖でガチガチに巻く感じだ。解けないようにしっかり封じる。

最後にそこへ状態を固定する魔法をかける。

そうすれば年月が経っても封印は綻び難くなる。

しかしこの魔法、膨大な魔力が必要となる。発動と維持にかなり魔力が使われるのだ。

だから発動時は魔法の発動者の魔力を使用して魔法が展開し、それ以降の維持に関しては対象の魔力を使用するように指定してある。

この魔法をオリヴィエに使えば、オリヴィエは封じられてオーリが表へ出てくることだろう。

ただしオーリは常に魔力を消費している状態なので、今までよりも使える魔法は減る。

……多分、生活で使う魔法には困らない。

大きな魔法は無理だろうけれど、初級魔法の辺りならば問題なく使用出来ると思う。

「魔法士長様、お手伝いくださりありがとうございます。想像よりも早く出来たのは魔法士長様のおかげです」

実際、わたしとルルだけではもっとかかっただろう。

宮廷魔法士団という国中の魔法士の精鋭であり、その中でもトップを務め、魔法の造詣に深い魔法士長が手伝ってくれたからこそこの短期間で完成に至ったのだ。

「あとはきちんと発動出来るかというところが問題ですが、さすがに試すことは難しいでしょう」

「そうですね、人格を封印する魔法ですし、発動後にたとえ解除しても対象者に何らかの障害が出てしまうかもしれません」

「むしろ解除後のほうが不安ですね。一度分離したものをまた混ぜるわけですから、対象者の精神が持つかどうか……」

無理やり切り取って封じたものを、また混ぜ直す。恐らく二つの記憶が混同されて両方の人格そのものが崩壊して廃人となるか、どちらか一方にもう片方が吸収されてしまうか。

何にせよ元に戻すことは不可能だろう。

「とりあえず、今回この魔法をかける予定の人物は解除することはないと思います」

今まで散々自分の体で好き勝手にされたオーリが、封じたオリヴィエを後から元に戻してくれとは言わないと思う。

「魔法を発動するのはニコルソン子爵でよろしいですね？」

それに頷き返す。わたしは魔法を使えない。

発動してもらうとしたらルルしかいなかった。

「はい、そうです」

私の横でルルも頷いている。

「では、こちらの魔石をお持ちください」

立ち上がった魔法士長が鍵のかけられた棚から小ぶりの箱を取り出し、蓋を開けた。

そこには綺麗な紅い宝石が納められていた。

「魔力を溜めた魔石です。計算上ではこれがあればニコルソン子爵自身の魔力を消費せずに、この魔法を行使出来るでしょう」

「ですが、それはかなり貴重な物なのでは……？」

魔石は大きさと内包する魔力量によって価値が変わる。

ブローチなどに使われるかなり大きな魔石だ。この膨大な魔力を要する魔法を、ルルの魔力を消費せずに扱えるということは、かなりの魔力を内包していることになる。

国宝にならないのが不思議なほどだ。

「陛下より使用する許可をいただいております」

差し出されたそれをルルはひょいと手に取った。

一度、光に翳すように魔石を見たルルが頷く。

「これなら足りそうです」

お父様が許可を出し、魔法士長がこれならと思って選んだ物ならば信用に足る。

ただ、魔法は大掛かりなものになるだろう。出来れば人目のないところで使いたいものだ。

「お気遣いありがとうございます」

「いえ、上手くいくと良いのですが……」

そればかりは発動してみないと分からない。

失敗すればオリヴィエもオーリも混ざり合った人間になるかもしれないし、逆に両者とも全く違う人間になる可能性もある。精神が崩壊して廃人になることも……。

不意にルルに手を握られる。

「魔法の発動は私が判断した時に行い、責任も全て私が持ちます。リュシエンヌ様が気に病む必要はございません」

つまり、失敗してもわたしのせいではなく、魔法を発動したルルに責任があるということか。

慌てて首を振った。

「それはダメ。お願い、わたしにも背負わせて」

ルルだけに押し付けるなんて嫌だ。

失敗した時の苦しみも、罪悪感も、全てをルルに押し付けて、わたしだけのうのうとしているなんて出来ない。それなら、魔法を組み立てたわたしだって同罪だ。

わたしの言葉にルルが微笑んだ。

「リュシエンヌ様の御心のままに」

開発された魔法は人格封印魔法と名付けられた。

そのまんまだけど分かりやすくていい。

あとはオリヴィエが盛大にやらかして、身柄を確保出来れば良い。

この戦いにもそろそろ決着がつきそうだ。

＊　＊　＊　＊　＊

その夜、ルフェーヴルは闇ギルドへ足を運んだ。

今現在は仕事を受けていない。ルフェーヴル本人の希望である。

それなのにギルドを訪れたルフェーヴルに、ギルド長のアサドは驚いた。

「珍しいですね、どうかしましたか？」

深夜にルフェーヴルが訪れたにも拘らず、アサドは書斎にいた。

……コイツいっつもここにいるよねぇ。

夜でも昼でも、いつ訪れてもここで仕事をしているアサドにルフェーヴルは若干の呆れを感じながらもソファーの背もたれに寄りかかる。

「要らない人間がいたら一人欲しいんだよねぇ。壊れるかもしれないからぁ、それでもいいっていうのが理想かなぁ」

アサドが小首を傾げる。

「いるにはいますけど、何に使うのですか？」

「魔法の実験～」

「ああ、なるほど」

書斎の机の引き出しを開けつつ、アサドが納得した様子で頷いた。

それから書類を取り出して机へ広げる。

「逃げ出したところを捕らえた罪人であれば、三人ほどおりますよ」

ルフェーヴルが背もたれから離れて近寄る。

サッと書類を確認し、その中から一人を選ぶ。

「じゃあコイツでぇ」

「分かりました。実験後の処理はどうします？」

「そっちでヨロシク〜」

ルフェーヴルが懐から出した金貨を数枚机へ積む。

それにアサドが頷き返した。

「それでは良い夜を」

部屋を出て行く時に声をかけられ、ルフェーヴルはそれに背を向けたまま、ひらひらと手を振った。

闇ギルドを出て夜の町を屋根伝いに走る。

そうしてギルドが借りている倉庫へ着く。

かなり大きな倉庫で、地下室もかなりある。

ルフェーヴルの選んだ人間はこの地下の一室に拘束されている。

合言葉を交わして倉庫へ入り、そこにいたギルドの人間に書類を差し出す。

「ちょ〜っと魔法の実験で借りるよぉ。片付けはそっち持ちで話は通ってるからぁ」

ルフェーヴルがそう言えば、ギルドの者は地下牢にルフェーヴルを案内した。

地下牢は全て独房になっている。

石造りの冷たい廊下を抜けて一つの牢屋の前で立ち止まった。

どうやら、ここにいるらしい。鍵束から一つだけ外した鍵を渡される。

「どぉも〜」

案内したギルドの人間は頷くと去っていった。

無口な人間だったがそれでいい。

こういう場では必要以上の詮索は身を滅ぼす。

ルフェーヴルは渡された鍵を使って独房を開けた。

中には気の強そうな男が壁に拘束されており、ルフェーヴルを見ると顔を顰めた。

そして言葉を発しようとしたが、ルフェーヴルは防音結界で男の声が聞こえないようにした。

「悪いけどぉ、いちいち話を聞いてるほど時間ないんだよねぇ」

ルフェーヴルの言葉が聞こえなかったのだろう。男が何やら喚いているが声はない。

男の頭の周囲だけに魔法を発動しているので、男の声は外に漏れないし、こちらの音も男には聞こえない。

ルフェーヴルはゆっくりと歩いて行く。

「じゃあ、楽しい楽しい実験のお時間だよぉ」

ルフェーヴルの長い腕が男の頭を掴む。

そして詠唱を囁くような声で口にする。

長い詠唱だ。いくつも魔法が混合しており、複雑で、膨大な魔力を消費する。

男が暴れるけれど、ルフェーヴルの手の力は強かった。

男の頭上に魔法式が現れる。

それは七つの魔法を組み合わせたものだった。

ルフェーヴルは自分の体からごっそり魔力が引き抜かれる、何とも言えない感覚に襲われた。

そして魔法が発動する。

ルフェーヴルは魔法に指定を入れた。

男の記憶を生きた年数の半分で割り、大人の記憶を封じるようにした。

暴れていた男の体がぐったりする。

どうやら眠ったようだ。魔法はいまだ発動している。

時間にして十分ほど魔法は発動していた。

それから空気に解けるように魔法式が消える。

様子を見ながら待っていたルフェーヴルは防音魔法を解いて、男の頬を軽く叩いた。

反応はない。ナイフを取り出して、その頬を薄く切りつけてみると、男が目を覚ました。

ただし、その瞳はどこかぼんやりしている。

「君の名前はぁ？」

ルフェーヴルの問いに男がぼんやり答える。

「ぼく……ぼくの名前は……」

それからいくつか質問してみたが、どうやら男の記憶は分離されたようだ。

今は十三歳の頃の人格が表に出ているらしい。

それ以降の記憶は封じられて、思い出そうとしても思い出せない様子だった。

子供の頃の記憶はしっかりと残っているようなので、成功と言えるだろう。

騒ぎ出す前に今度は魔法の解除を行う。

先ほどの半分以下の魔力が体から抜ける。

……七割も魔力持ってかれた……。

元から魔力量の多かった上に、祝福で更に増えた魔力量でもこれほどに持っていかれたのだ。

一般人が使えば魔力が枯渇して最悪死ぬだろう。

誰にでも使える魔法ではない。目の前の男がまだぐったりとする。

解除が終わり、ルフェーヴルは少し強めに男の頬を叩いた。

目を覚ました男は少し具合が悪そうだった。

「う……お前、僕に、いや俺に何をした……っ」

どうやら記憶が混濁しているらしい。男がぶつぶつと呟く声に耳を傾ける。

二つに分けた記憶は混ざり合い、どうやら、記憶の順序がバラバラになってしまったようだ。

男は「僕……？　俺、いや、私は……？　この記憶は何だ？　これが俺の記憶なのか？」と遠い目で呟いている。やはり一度分けた記憶を元に戻そうとしたら障害が起こったらしい。

男は自分が拘束されているのも忘れてぶつぶつと呟いている。

……廃人ってほどではないけどぉ、これじゃあ普通の生活は送れないかもなぁ。

しばらく様子を見て変化がないことを確認すると、ルフェーヴルは鍵を使って独房を後にした。

そうして廊下を戻り、ギルドの人間に鍵を放って返す。

「もう終わりましたか？」

「うん、終わったよぉ」

そしてルフェーヴルはいくらかのチップを男に握らせ、自分がここに来たことへの口止め料にすると、倉庫を出ていった。

……分離と封印は多分大丈夫かなぁ。

リュシエンヌが言う通り、一度封じたオリヴィエ＝セリエールを解放することはないだろう。

それを考えれば魔法は成功とも言える。

……まあ、このことをリュシーに言うつもりはないけどねぇ。

でもリュシエンヌの父であり、国王でもあるベルナールには結果を伝えておこう。

どうせ禁忌魔法として禁書庫に残るのだから、その結果も明記しておいたほうが良い。

夜の街並みの屋根を王城へ向かって駆け抜ける。

……帰ったら魔力回復薬飲まないとねぇ。

そして朝になったらいつも通りリュシエンヌに「おはよう」と言って起こすのだ。

こんなことをしているなんて知らなくていい。

リュシエンヌが知る必要はない。

これはルフェーヴルの自己満足なのだから。

男爵家の前日

何かがおかしい、とセリエール男爵は思う。

夜会やお茶会などの招待状が減った。

だが、それはオリヴィエがクリューガー公爵令嬢にありもしない罪を着せようとしたことが原因で、苦しいが、悪いのはセリエール男爵家である。それによっていくつかの家から縁を切られた。

それらの家はクリューガー公爵家と縁のあるものばかりなので、縁を切られても仕方がない。

だからそれによって夜会やお茶会の招待状が減るのは分かっていた。

しかし予想よりもずっと少ない。妻もお茶会の招待状が減ったとこぼしていた。

そして招待状の届いた夜会に出かけても、どういうわけか、社交が上手くいかない。

話しかけてくる者は多い。その人々の目が好奇に満ちているのも分からなくはない。

男爵家の令嬢が公爵家の令嬢に喧嘩を売ったなどと、これほど面白くて馬鹿らしいことはないだろう。男爵も妻も好奇の視線に晒されても我慢した。

オリヴィエはしばらく夜会に参加させていない。

一週間の再教育を施したが、教育を任せた教師からの話を聞く限り、オリヴィエは貴族の令嬢としてはあまりにも拙く、再教育は付け焼き刃に過ぎなかった。

せめて学院卒業までは大人しくしていてほしい。

多少疵《きず》があっても、男爵位で釣ればそれなりの男と結婚させることはまだ出来る。

せめて学院で上の爵位の次男か三男辺りを捕まえてくれたらと思っていたが、クリューガー公爵家を敵に回すかもしれないと思えば高位貴族は関わりたがらないだろう。

精々、子爵家か同じ男爵家か。

それでも貴族と結婚すれば、セリエール男爵家としては悪くないことだった。

「だが、やはり何かがおかしい……」

この間の夜会では、対立する家の者に話しかけられた。

それは滅多にないことで男爵は驚いた。

話しかけてきた相手はわざとらしいほどの笑みを浮かべて「自由奔放な娘を持つと苦労しますな」と言った。それがクリューガー公爵令嬢との件についてだと分かり、男爵は答えた。

「その件については既に正式に謝罪させていただいております」

「おや、そうなのですか？　それは初耳でした」

そう言った相手はニヤニヤと嫌みな笑みを浮かべていた。

セリエール男爵家にクリューガー公爵家から正式な抗議文が届き、謝罪したことくらい、知っているくせに……。内心では苛立ったが男爵はにこやかに答えた。

「ええ、お恥ずかしながら一人娘を甘やかし過ぎてしまったようで。きちんと教育を受け直させました」

だが相手はおかしそうに笑い、やはりわざとらしい口調で「そうでしたか」と言った。

「セリエール男爵家のご令嬢が高貴な方のお手を煩わせていると聞きましてな、心配しておりましたが大丈夫なようで安心いたしました」

「いえ、お気遣い感謝いたします」

そうして相手は離れていった。他の人々にも似たようなことを言われた。

男爵家の令嬢が公爵家の令嬢を冤罪に追い込もうとしたことは、確かに貴族にとってみたら醜聞も良いところである。

身分という絶対的なものを無視した行為だ。

オリヴィエの行動は貴族達の目にはさぞ奇異に映ったことだろう。

正直、父親である男爵でさえ「何故そんなことを」と驚いたし、唖然とした。

普通に貴族の令嬢として教育を受けていれば、そのようなことをするはずがないのだ。

中には「やはり平民上がりだから……」という声もあったが、オリヴィエの母親である妻はそれなりに努力して貴族の世界に馴染めている。

幼い頃は素直で明るい良い子だったのに、いつからあのようになってしまったのか。

最近のオリヴィエの癇癪は段々と手がつけられなくなってきている。

少しでも思い通りにいかないと、まるで小さな子供のように周囲へ当たり散らすのだ。

以前も癇癪はあったが、一度、癇癪を起こした後の娘の部屋を見て、男爵は我が目を疑った。

まるで嵐でも通ったかのような惨状だった。

貴族の令嬢が怒って暴れたにしては、あまりにも酷い有り様で、注意しても更に酷くなるばかりだ。本当にこのままではオリヴィエを修道院へ入れることになるかもしれない。

……いや、だが豊穣祭の歌姫の一人に選ばれた。

豊穣祭で選ばれることは名誉なことだ。

貴族でも、そう簡単に選ばれることはない。

歌姫は歌の上手さで選ばれる。

選ばれてからオリヴィエはよく家でも歌うようになり、その歌声は確かに聞きほれるほどだった。

過去には歌姫に選ばれた平民の少女が、その歌の上手さから貴族の目に留まって結婚したという事例もある。

オリヴィエは見た目も愛らしい。性格は少々難ありだが、歌姫になってあの歌声を披露したならば、もしかしたら他の貴族の子息の目に留まるかもしれない。

それに歌姫になると名が売れる。

セリエール男爵家の名が広まれば、商売の面でも、オリヴィエの結婚の面でも利点がある。

けれども今回は王女殿下も歌姫に選ばれたらしい。

告知された歌姫の中に王女殿下の名前が載っていた。

歌姫として名は知れてほしいが、もしもということもある。

男爵はオリヴィエを呼び出した。

「何でしょうか、お父様」

書斎へ訪れた娘に男爵は頷く。

「明日の豊穣祭だが、喉の調子はどうだ？」

「とても良いですわ」

「そうか」

男爵は続けて言う。

「歌姫は王女殿下も選ばれたそうだな」

オリヴィエが眉を寄せた。

「ええ、そうですね」

急に不機嫌になったオリヴィエに男爵は不思議に思ったが、最近のオリヴィエは不機嫌なことが多い。いつものことだろうとそれを流す。

「良いか、明日の豊穣祭ではくれぐれも王女殿下より目立つようなことはしないように」

「……どういう意味？」

「どうもこうもない。王族に恥をかかせるわけにはいかないだろう？　お前が非常に歌が上手いことは知っているが、明日は王女殿下の顔を立てて歌を控えめに歌うんだ」

オリヴィエの顔が歪む。

「嫌よ！　何で私がそんなことしなくちゃいけないの⁉　ありえないわ‼」

怒りの表情を浮かべるとオリヴィエは踵を返して書斎を出て行く。

男爵の「オリヴィエ、待ちなさい！」という声も無視され、強く扉が閉められた。

自分の娘なのに、まるで知らない人間を相手にしているような気分だった。

……本当に娘はどうしてしまったのだろう。

その娘の様子に男爵は息を吐く。

＊　＊　＊　＊

父親に呼び出されたと思いきや、明日の豊穣祭で控えめに歌えなどとありえないことを言われたのだ。

淑女らしくない足音を立てながらオリヴィエは廊下を歩く。

「何で私があんな女に花を持たせなきゃならないのよ……!!」

ガリ、と爪を噛む。

アリスティードのルートには入れなかったが、それでも豊穣祭の歌姫には選ばれた。

女神の加護を得られれば、きっと変わる。周りはオリヴィエを讃えるようになるだろうし、もしかしたら加護を得ることで愛する彼の興味を引けるかもしれない。

……ルフェーヴル様があの女と一緒にいるなんて許せない。許さない。

同じ転生者で、オリヴィエの方がヒロインだったのに、まんまとオリヴィエの居場所を奪い取ったリュシエンヌ。

……あの女はルフェーヴル様を攻略した。

学院で何とか原作通りにしようとしても上手くいかないのも、きっとあの女が裏で糸を引いているに違いない。原作のリュシエンヌは派手で気の強そうな顔立ちだったが、今のリュシエンヌは淑やかそうで、虫も殺せないような顔をしている。

そのくせ、平然とオリヴィエを追い込む。何をしても失敗続きだ。

このままでは卒業パーティーに断罪イベントが起こせないし、あの女から何としても愛する彼を引き離さなければならないのに。焦れば焦るほど深みにはまっていくようだった。

……それだけでも腹立たしいのに！

更には豊穣祭の舞台で王女に栄誉を譲れと父は言う。

……普通は娘を応援するものでしょ!?

全くもって不愉快な話である。

「……絶対に譲らないわ……！」

豊穣祭の歌姫も、女神の加護も。愛する彼の隣も。

全てはヒロインたるオリヴィエのものなのだ。

オリヴィエは部屋に戻るとペーパーナイフを掴み、飾られていたヌイグルミに突き刺した。

……譲るくらいなら、殺してやる。

妙に騒つく気持ちを無視してオリヴィエは決意した。

悪役は退場するべきなのだ。

＊　＊　＊　＊　＊

オリヴィエの中でオーリは泣いていた。

申し訳なさと自分の無力さに、どうすることも出来ずにただ泣くことしか出来なかった。

しかし体はオリヴィエに奪われている。だから実際には泣くことすら許されない。

オーリはオリヴィエが恐ろしかった。公爵令嬢に冤罪を着せようとしただけでも、心臓が止まりそうなほどに怖かったのに、更には王女にまで同じように罪を被せようとした。

リュシエンヌのほうが一枚上手で、どれも失敗していることだけが救いだった。

もし成功してしまい、後々になって、それが冤罪だったとバレた時を考えると想像したくもない。

ただでさえこの状況でも、もうオリヴィエ自身もセリエール男爵家も危ういというのに、王女に冤罪を着せたとなれば不敬どころか叛意ありとみなされて一族郎党罰されても仕方のないことなのだ。

むしろリュシエンヌも、王家の人々も寛容だ。もしオリヴィエの相手がリュシエンヌでなければ、今頃オリヴィエは厳しく罰され、セリエール男爵家も重い罰を受けていることだろう。

……ううん、ただ泳がせていただけ。

王女が動き出したことをオーリは理解していた。

これまでは見逃されていただけだ。でも、これからは違う。

ザクザクとオリヴィエが憎悪に任せてヌイグルミにペーパーナイフを突き立てる。幼い頃に父親に誕生日の贈り物としてもらった大事なヌイグルミは見るも無惨な状態になってしまっている。

……お願い、もうやめて！

そう思ってもオリヴィエはやめてくれない。

オーリはもう疲れていた。

最近のオリヴィエは癇癪が酷く、態度も悪く、両親から冷たくされていた。

大好きな両親からの冷たい目はつらかった。

オリヴィエの周りには友人と呼べる人はいない。

せっかくレアンドルが忠告してくれたのに、オリヴィエはそれすら無視して、それどころか心配してくれたレアンドルに酷い言葉を投げつけた。これ以上はもう無理だった。

……誰か、助けて……。

オリヴィエが凶行に走る前に。

取り返しのつかないことをしてしまう前に。

この狂気を止めてほしい。

オーリはただただ女神に祈る。

それくらいしか、彼女に出来ることはなかった。

エピローグ

夜、ベッドに座りながら、そばの椅子に腰掛けるルルを見る。

「明日の豊穣祭、上手く歌えるかな?」

町の人々の前で、大勢の前で歌うことになる。

しかもオリヴィエと共に舞台へ上がるのだ。

何もなければいいが、最近の様子を見るに、何も起こらないとは思えない。

ルルがそばにいてくれるので不安はないが、心配はある。

……最近、オーリからの手紙が返ってこない。

それはつまり、オーリの精神が弱っている証拠だ。

「大丈夫だよぉ。いつも通りに歌えば、みんなリュシーの歌に聞きほれるよぉ」

「それはちょっと言いすぎな気もするけど、うん、頑張るよ」

原作ではヒロインであるオリヴィエだけが歌姫に選ばれたが、今は違う。

……あれ、でも女神様の加護があるわたしが今年の歌姫に選ばれたらどうなるんだろう？

もう加護を授かっているので、更に加護が与えられることはない。……と思う。

「あ、そうだ、明日着ていくドレス！　ルルに選んでほしいんだった！」

思わず立ち上がったわたしにルルが目を瞬かせた。

「リュシーは何着てもかわいいよぉ？」

「でも、やっぱりルルに選んでほしいの。ルルが選んでくれたドレスに、ピアスに、指輪をつければきっと緊張しないから」

そう言ったわたしにルルが緩く笑った。

「じゃあ、ちょ～っとだけ衣装部屋に行こっかぁ」

室内履きのスリッパを履いて、ルルと手を繋いで部屋を出る。

衣装部屋はすぐそばにあるのですぐに到着した。

後ろからはメルティさん達侍女数名が来て、衣装部屋の扉を開けてくれる。

中に入り、わたしが椅子に座っている間にいくつものドレスが目の前に並ぶ。

濃い色のものもあれば、淡い色のものもあって悩む。

「ルル、どれがいいと思う？」

「どれもかわいいんだけどねぇ」

立ち上がり、ドレスの横に並んだわたしとドレスをルルが眺める。

「ん〜、赤は夜会ならともかく昼間だとちょ〜っとキツく見えるねぇ。かと言って黄色だと子供っぽい感じもするしぃ、豊穣祭で着るなら派手じゃないほうがいいよねぇ」

「あと、フリルとかレースたっぷりっていうのもどうかなあ」

「平民の感覚と教会での催しって考えるとぉ、ゴテゴテしたのは敬遠されそうだねぇ」

何度かそれを繰り返しながら、ルルが選んだのは水色と白の可愛いドレスだった。

「これがいいんじゃなぁい？　あんまり派手すぎても目立つしぃ、でも地味だと微妙だしぃ、これくらいのがかわいいと思うよぉ」

「うん、それにする」

ルルが選んでくれたドレスなら、きっと明日も頑張れる。

ドレスの横に立ち、鏡の前でスカートや袖を広げて体に当てているとルルが笑った。

「ほら、あんまり夜更かしすると明日に響くよぉ」

ルルの手がわたしの手を握る。

その手を軽く握りながら頷いた。

「そうだね」

寝不足で人前に立ったら緊張で倒れてしまうかもしれない。

部屋に戻り、ルルに促されてベッドへ横になる。

肩まで毛布をかけてもらいつつ、目を閉じ、でも一度だけ目を開けた。

「明日も、ルルを思って歌うね。髪の御守りもちゃんと持って行くから」

今までの練習の時もそうだったように、ルルのために歌おう。

わたしがどれほどルルを愛しているかみんなに伝わるくらい心を込めよう。

それから、いつも持っているルルの髪で作った御守りも忘れずに持って行こう。

ルルが嬉しそうに笑った。

「うん、楽しみにしてるねぇ」

そっと額に口付けられ、お返しにわたしもルルの頬にキスをした。

そして眠るために、今度こそわたしは目を閉じた。

特別書き下ろし
番外編

小さな温もり

I WAS REINCARNATED
AS A VILLAIN PRINCESS,
BUT THE HIDDEN CHARACTER
IS NOT HIDDEN.

リュシエンヌが眠り、ルフェーヴルは微笑んだ。

明日の豊穣祭で歌姫として出ることに緊張しているのか、リュシエンヌは少し興奮した様子ではあったが、これ以上の夜更かしをすれば明日に響くだろう。なんとか眠ってくれて良かった。

……まあ、元から寝つきは良かったけどねぇ。

頬にかかる髪を除けてやりつつ、気持ちの良さそうな寝顔を覗き込む。熟睡しているようだ。

ベッドそばの椅子に座り直し、ルフェーヴルは懐からそれを取り出した。

チョコレートのようなダークブラウンの髪を黄色の紐で纏めたそれは、昔、リュシエンヌと交換した髪の御守りである。リュシエンヌはルフェーヴルの髪で作ったものを持っており、明日も、豊穣祭にそれを持って行くと言っていた。

……あれからもう四年も経つんだねぇ。

手の中にある髪をそっと撫でる。

柔らかくて艶のある、綺麗な髪だった。

＊　＊　＊　＊　＊

「あのね、ルル、そろそろ髪で御守りを作ろうと思うの」

十二歳の誕生日を迎えてから数日後、リュシエンヌはそう言った。

最初に『髪を交換しよう』と約束してから時間は経っていたが、きちんと覚えていたリュシエンヌは、この日のために一生懸命、髪を綺麗にしようと頑張っていた。

東国では夫婦や恋人が互いの髪で作った御守りを交換し、持つことで、愛を誓い合う。家族や友人に贈る房飾りより、更に愛情を示すものらしい。

それを知ってからのリュシエンヌは侍女達に髪の手入れをしてもらうのもそうだが、本人なりに髪を綺麗にしようとあれこれやっていたのをそばで見ていたので、ルフェーヴルは嬉しかった。

訊いてみると、婚約を機に作りたかったらしい。

「お父様にお願いして、職人さんは探してもらってあるから、あとは呼ぶだけなんだけど……」

チラリと不安そうにリュシエンヌが見上げてくる。

「わたしと、御守り、交換してくれる？」

「もちろんいいよぉ。そのためにオレも髪を伸ばしてたんだしねぇ」

即答すれば、リュシエンヌの表情がパッと明るくなる。

そして嬉しそうに抱き着いてきた。

「ありがとう、ルル！」

「どういたしましてぇ」

それから、リュシエンヌはすぐにベルナールへ手紙を出した。

翌日、離宮の応接室に御守りを扱っている店の店主と職人が訪れ、ルフェーヴルとリュシエンヌは会うこととなった。

「お初にお目にかかります、ウィジュマ＝ルクセールと申します。本日はお嬢様とお嬢様の大切なお方の御守りを作らせていただけるとのこと、光栄に存じます。当店を選んでいただき、まことにありがとうございます。どうぞ、本日はよろしくお願いいたします」

店主も職人も東の国の出身だそうだ。

ルフェーヴルの知り合いにも東国出身の者がいるが、その人物よりずっと小柄で細身である。店主も職人も中年の男だった。

「こちらこそ、今日はよろしくお願いします。改めまして、リュシエンヌ＝ラ・ファイエットです。この人が一緒に御守りを作ってもらう予定のルフェーヴル＝ニコルソン、わたしの侍従です」

「どうも～」

ルフェーヴルの緩い態度に店主は特に反応は見せなかった。

……なかなか度胸があるみたいだねぇ。

さすが、ベルナールが手配しただけある。王女を前にしても、そのそばで無礼な振る舞いをする者がいて、それに対して思うところがあったとしても顔に出さないのは賢明だろう。

職人は少し驚いた様子だったものの、店主が落ち着いているからか、すぐに何事もなかったように表情を戻した。

「では、まずは御守りについて説明させていただきますね」

そうして店主は御守りについて話す。

東国の風習で、恋人や夫婦が持つものだということ。互いの髪を一房使い、好きな色の紐で纏めて、好みで玉をつける。このためにルフェーヴルも髪を伸ばした。

御守りの風習や発祥理由、どんな意味があるのかという説明をルフェーヴルは聞き流し、話が終わったところで声をかけた。

「髪を切るのはこっちでやればいいよねぇ？」

「はい、そのようにしていただけると幸いです。我々がお二方の御髪《おぐし》に触れるなど、畏れ多いことですので」

そして、この御守りを作るために髪を切る際には、鋏《はさみ》ではなく特別なナイフで切るらしい。店主が出してきたナイフをルフェーヴルが受け取った。

……ふぅん？　珍しいものだねぇ。

金属製ではなく、黒曜石を割って作られたナイフだった。持ち手は太めの赤い紐が何重にも巻きつけてあり、ナイフの尻には白い房飾りがある。ナイフに触ってみると思いの外、刃が鋭くて、これなら簡単に髪も切れるだろう。

「こちらは黒曜石で作られたナイフでして、遥か昔より人々が武器や道具として愛用してきたものでございます。古来より良くないものを払い、良い方向へと導いてくれるとされております」

それを東国の祝いの色である赤と白で包んである。恋人や夫婦が御守りを持つことから、二人の関係を祝うという意味もあるらしい。

リュシエンヌが真面目な顔で頷いている。

こんなものに頼らずとも、リュシエンヌに近付く良くないものは全てルフェーヴルが払うつもりなのだが、あまりに真剣な様子だったので黙っておいた。

「御髪を切っている間、私共は一旦下がらせていただきます」

髪を切る姿を見せたがらない者もいる。

テーブルの上に二枚の布を敷き、そこに切った髪を置くよう言い、店主と職人は隣室へと下がる。

「さて、じゃあ切ろっかぁ?」

黒曜石のナイフ片手にルフェーヴルが笑えば、リュシエンヌは真面目な顔でしっかりと頷いた。

「うん、よろしくお願いします、ルル」

「どの辺りの髪なら切ってもいいと思う~?」

ルフェーヴルは壁際に控えていた侍女に声をかけた。

侍女が近付いてきて、断りを入れてから、リュシエンヌの髪に触れた。

「こちらの一房なら切っても良いかと。他だと髪を纏めた時に短くて結べなくなってしまうので」

「リニアさんが言うなら間違いないです」

リュシエンヌの髪形は二人の侍女が整えているので、ルフェーヴルが勝手に切れば怒るだろう。

ルフェーヴルとしてもリュシエンヌのかわいさを損ないたくないため、素直にそれを聞き入れた。

「じゃあこっちを一房切るね~」

リュシエンヌの、左側の髪を一房手に取り、リボンで結ってから黒曜石のナイフで切る。サリ、と軽い音がした。切った髪を軽く畳み、テーブルの布の片方に置く。

すぐに侍女がハンカチをリュシエンヌの顔の下に差し出したので、ルフェーヴルは黒曜石のナイフを一旦テーブルに置き、空間魔法で取り出した鋏でリュシエンヌの髪の毛先を整えた。

「……うん、こんなもんかなぁ」

リュシエンヌの髪を整え終わり、一度正面から見直す。

見上げてくるリュシエンヌは今日もかわいらしい。

「じゃあオレも切らないとねぇ」

これのために今日だけは髪を首の後ろで一つに纏めてある。テーブルに置いていた黒曜石のナイフを掴み、髪を適当に掴む。切ろうとしたところでリュシエンヌが声を上げた。

「待って！　リボンで結ばないと……」

「あ～、そうだっけぇ。リュシー、結んでくれるぅ？」

「うん」

頭を差し出せば、リュシエンヌが侍女からもらったリボンで掴んでいる髪を結んでくれる。真剣な表情で丁寧に結ぶ様子が微笑ましい。

それから黒曜石のナイフで髪をザクリと切り落とす。畳んでもう一つの布の上に置き、手早く髪を三つ編みに纏め直せば、リュシエンヌがジッと見つめてくる。

「凄い！　切ったところが全然分からない！」

尊敬してます、といった様子のリュシエンヌにルフェーヴルは思わず笑みが浮かんだ。

やはり、リュシエンヌはかわいい。その気持ちのまま、小さな頭をひと撫でする。

侍女が店主達を呼び戻し、職人が丁寧な手つきで布で髪を包むと鞄へ仕舞う。

「確かに御髪を頂戴いたしました。お次はこちらの見本から紐や玉をお選びください」

と店主が色とりどりの紐を取り出し、職人が玉を並べる。

それらをリュシエンヌが真剣な顔で見つめた。

ルフェーヴルはその中から、一つ、紐を指さした。

「リュシーの髪はこれで纏めたらど～ぉ？」

少しオレンジが混じった明るい黄色は、リュシエンヌの琥珀の瞳によく似ていた。リュシエンヌのチョコレートみたいにかわいいダークブラウンの髪には、この色が一番合う。

紐を見たリュシエンヌがパッと明るく笑った。

その嬉しそうな笑顔に侍女も微笑ましげにしていた。

「それなら、ルルはこれだね」

リュシエンヌが指さしたのは淡い灰色の紐だった。

ルフェーヴルは自分の瞳の色など、何かの燃え滓《かす》みたいなつまらない色だと思っている。

けれども、リュシエンヌの示した色は淡い灰色で、光沢があるからか光の加減によっては銀に見えなくもないような、そんな色だった。

「ルルの目は、灰色で、光が当たるとキラキラして凄く綺麗なの。優しくて、ふんわりしてて、でもちょっと静かな綺麗な色。わたしの一番好きな色だよ」

……リュシーにはこんな色に見えてるんだねぇ。

「ありがと～。オレもリュシーの目の色、綺麗で好きだよぉ」

灰色という名前の通り、燃え滓のような面白みのない色だと思っていたルフェーヴルの目も、リュシエンヌには違って見えているのだろう。

共に過ごすようになって、リュシエンヌが意外と感受性の高い子供だということは気付いていたが、世界の見え方も、もしかしたらルフェーヴルとは全く異なるのかもしれない。

「玉はいかがなさいますか？」

「どうする～？」

「うーん……つけたいけど、ポケットに入れておきたいから玉はないほうがいいかも……？」

「かしこまりました」

職人が玉と紐を手早く回収する。

「本日はお招きいただき、ありがとうございました。出来上がりましたらお届けにまいります」

「はい、よろしくお願いします」

リュシエンヌの言葉に店主が微笑み、職人と共に下がる。

少し疲れた様子のリュシエンヌをルフェーヴルは抱き寄せた。

「リュシー、大丈夫～？」

「うん、大丈夫。ちょっと緊張しちゃっただけ」

少し苦笑するリュシエンヌの頭を撫でてやる。

「部屋に戻ってお茶でもしよっかぁ？」

「うん！」

ギュッと抱き着いてくるリュシエンヌを抱き返し、共に応接室を出れば、侍女が静かについて来る。ルフェーヴルと腕を組んで嬉しそうに笑っているリュシエンヌがかわいかった。

＊＊＊＊＊

そうして三日後、店主が出来上がった御守りを持って来た。

ダークブラウンの髪を黄色の紐で纏めた可愛らしい色合いの御守りと、淡い茶髪を淡い灰色の紐で纏めた地味な色合いの御守り。

店主は御守りを納めると空気を察してすぐに帰って行った。

……仕事の出来るヤツは違うねぇ。

御守りを見たリュシエンヌはとても喜んだ。

「わ～、可愛い！　ふさふさしてる！」

それから、御守りの片方をルフェーヴルに差し出した。

ダークブラウンの髪と黄色い紐の御守りだった。

……この色、まるでヒマワリみたいだねぇ。

夏の明るい日差しの下で大きな花を広げて目一杯、光を浴びるヒマワリの花は、リュシエンヌに似ているかもしれない。バラもいいが、元気なヒマワリもきっと似合う。

「はい、交換。わたしだと思ってね」

「ありがと～。ちゃぁんと大事にするよぉ」

「わたしも、ルルだと思って大事にする」

小さな手が大事そうにルフェーヴルの髪で出来た御守りを持っている。

とても嬉しそうな笑顔が眩しかった。

それ以降、リュシエンヌもルフェーヴルも、常に互いの髪で出来た御守りを持ち歩いている。

＊　＊　＊　＊　＊

……それにしても、リュシーはホント面白いよねぇ。

侍女達に髪の手入れをしてもらいつつ、本人も努力していたけれど、たまに不思議な行動も取る。

「卵の黄色い部分とオリーブオイルと蜂蜜がほしいの」

と言い出し、侍女が用意したそれを全部混ぜ、入浴時に濡らした髪にそれを全部つけてしまったらしい。侍女達はとても驚いただろう。

話を聞いたルフェーヴルも『何故？』と思ったが、不思議なことに、それをつけてから洗ったリュシエンヌの髪は艶やかで綺麗になった。

それを使う度にリュシエンヌの髪が綺麗になるので、侍女やメイド達もその後、こっそり真似をするようになったらしい。それを知ったリュシエンヌは嬉しそうに笑っていた。

「みんなも髪がサラサラで綺麗になるといいね」

そこで独り占めをしないところがリュシエンヌらしい。

ルフェーヴルはその時のことを思い出し、声もなく笑い、手の中にある御守りを見下ろした。

この四年の間に一度、紐が解けてしまい、修繕をしているが、あの頃に切ったリュシエンヌの髪は今でもこうしてルフェーヴルの手元にある。

そして、あの当時のルフェーヴルの髪も、同じくリュシエンヌの手元にあって、毎日、大事に持ち歩いてくれている。

そばにルフェーヴルがいても、それでも、やはり御守りがあると気分が違うらしい。

その気持ちはルフェーヴルもなんとなくだが分かる。

髪に体温などないはずなのに、持っていると温かい。

リュシエンヌと離れていることがあっても、この御守りがあると、入れている懐に温もりがあるような気がするのだ。

だからこそ、古くなっても新しくせずに使っている。

新しく作ることは簡単だが、しかし、これには当時からのリュシエンヌの気持ちが長くこもっているような感じがして、手放しがたい。

「……墓まで持って行けるかなぁ」

さすがにその頃にはもうボロボロになってしまっているかもしれないが、人間の髪は長く持つらしいので大切にしようとルフェーヴルは思う。

この手の中の小さな温もりが幻だったとしても構わない。

もう片手を伸ばせば、本物の温もりがそこにあるから。

「……リュシー、オレの奥さん」

……いつまでも一緒にいようねぇ。

眠るリュシエンヌの手に、そっとルフェーヴルは口付けた。

あとがき

皆様こんにちは、早瀬黒絵です。そろそろ、あとがきにも慣れてまいりました。

この度は『悪役の王女に転生したけど、隠しキャラが隠れてない。6』をご購入いただき、まことにありがとうございます。おかげさまで無事六巻も出版することが出来ました。

今回も素晴らしい表紙や口絵、挿絵を描いていただけて大喜びしています。

何度見ても麗しいルルリュシに、にやけてしまいますね。

特に六巻表紙は今までの明るい雰囲気と異なり、しっとりした大人の雰囲気がある夜の逢瀬的な感じがリュシエンヌの成長や二人の関係の変化を感じさせてくれて良いですよね。

毎回、新刊が出る度に美しいルルリュシにうっとりしております。

忙しさはあるものの、幸いなことに何事もなく年末年始を過ごしました。

前回のあとがきで「トマチーうま！」と騒いでおりましたが、それも落ち着き、そろそろマイブームが終わりそうなので多分、私はこの半年くらいで一生分のカプレーゼを食べました。

今は人生で二度目となる雪見だいふくを食べながらあとがきを書いております。

……って、人生で二度ってあまりにも食べる回数少なくないか⁉

いつも決まったものしか食べないのでちょっと人生を損しているかもしれませんね。

考えてみるとカツ丼やフライドチキンなど、人生で食べた回数が一、二回というものが多くて、でもこの世の中には美味しいものがそこかしこにあふれていて、何を食べればいいのやらと迷いませんか？

「これは人生でもっと食べたほうがいい！」というものがありましたら教えてください。

皆様におすすめしていただけると私の人生が豊かになります（笑）。

ですが、食べすぎなどには注意をしないといけませんね。

年末年始はあれこれと太りやすいので、健康の維持にも気を付けようと思います。

皆様の健康を陰ながら祈っております。健康というのはそれだけで幸せなことですね。

特に担当の編集さんやイラストレーターの先生にはお世話になりっぱなしですし、私が『ガンガン行こうぜ！（締め切り怖い）』なのでいつも予定より早く色々提出してしまい、ご迷惑をおかけしております。今のところ、一度も締め切りを破ったことはありません（えっへん）。

今後も締め切り厳守人間でいられるように頑張ります。

今年もweb版、書籍、コミックのルルリュシをよろしくお願いいたします。

家族、友人、小説を読みに来てくださる皆様、出版社様、担当の編集さん、イラストレーターの先生、多くの方々に感謝の気持ちをお伝えしたく、改めまして、本当にありがとうございます！

ここまで出版出来たのは皆様のおかげです‼　いつも感謝感激雨あられ状態です。

それでは、次巻でもお会いしましょう！

二〇二四年　三月　早瀬黒絵

巻末おまけ

コミカライズ
第五話試し読み

漫画
四つ葉ねこ
原作
早瀬黒絵

お…
お呼びでしょうか
このワインを
選んだのは
おぬしだそうだな
は…
パリィィンッ
料理に合わぬ
ワインを選ぶような舌《した》を
持つ者にコックなど
務《つと》まらぬとは思わぬか？
第5話

もっ
申し訳ございません
陛下《へいか》！
何卒もう一度機会を！
パチンッ
どうか!!
どうか
お慈悲《じひ》を……！
くっ!!
ひっ
…
陛下！
あ"あ"あ"あ"あ

食事中ですのに
お控《ひか》えになられてはいかが？
久々に顔を合わせたというのに相変わらず陰鬱《いんうつ》な顔をしおって
おぬしの顔を見ていると食事をする気も失《う》せるな
まぁ陛下
そのようなお顔をなさらないでくださいませ
ガタッ
よろしければ私の部屋でゆっくりお食事をいたしませんか？

そうだな
お前がそう言うなら
フッ
あ…
ガタッ
はっ母上…
お待ちください

お母様…
マナーがなっていない方々ね
気にせず食事を楽しみましょう
ふん
ワインの味などわかっていないくせに
政《まつりごと》は宰相《さいしょう》に任せ
享楽にふける形だけの王…
民《たみ》に重税を課《か》し
払えなかった者を
罪人と称《しょう》して処刑

己《おのれ》の振る舞いに
苦言を呈《てい》した
先代からの重鎮《じゅうちん》たちも
遠方に追いやるか
反逆罪で処刑し
今やこの国は傾《かたむ》き
国力は失《うしな》われつつある
ふ
先代が築《きず》き上げた
栄光を食いつぶす
愚《おろ》かな男
先代もあのような
無能ならば 私も
こんな国に嫁《とつ》ぐことは
なかった…

敗戦国の王女――…
戦利品として
当時の王は私を
息子に嫁がせた
私は帰る場所を失い
周囲の冷ややかな態度
嘲笑《ちょうしょう》に耐える
ほかなかった
…あの娘にも
会うことは
なかっただろう
こんな国
滅《ほろ》びて
しまえば
いい…
…いいえ
私がこの手で
そのためには
あの子どもが…
リュシエンヌが
必要

ただ最近
リュシエンヌの
様子がおかしい
気がする
どこか生気が
戻ったような…
誰かが優しく
している?
……あの娘が
他の者に
頼るなんてことは
あっては
ならないわ
禁呪のためにも
私への恐怖をさらに
植《う》え付け
逃げるなどという
考えが浮かばない
ようにしなければ

タッタッ
ビシャァ
うぁ
止まりなさいよ
当たらないじゃない
ははは
ネズミみたいでいいじゃないか!
ッ!
ゴワッ

水は まだいいとしても 氷と火の塊《かたまり》は やばい！
あんなもの 当たったら今までの ようにケガじゃ 済まないのに……！
はっ
最悪 死ぬかも
はっ
ううん…
そんなの嫌！
ぎゅっ
あの人たちには 殺されたくない！

……
ドサッ
きゃっ!?
うわぁあっ!?
ピクッ
いたあぁい…
!?

なんなのよ
今の風！
どうして
誰も支えないの
ドレスが
汚れたじゃない！
す…すぐに
お召《め》し替えを
もう最悪！
とっととして！
今の…
もしかして…
お兄ちゃん？

…今のは風の魔法…？
誰かがリュシエンヌを助けたのは間違いない
もしやメイドの中に…？
たしかあの三つ編みの女ーー…新入りだったかしら？
同情的な目をあの娘に向けていたわね
そこの者あの娘の髪を切りなさい
え!?
何度も言わせないでちょうだい
あの娘の髪を切るのよ

ま…待って くださいそんな
そんな罪深い こと 私には…
どうかお許しを
黙《だま》りなさい
後宮入り前に 私に忠誠を誓《ちか》った はずだけれど
まさか私の 言うことが 聞けないの…？
ドクンッ
コツ
だから言ったのに
…
コツ
死にたくないなら やりなさい
…

あの…
ごめんなさい
気にしないで
どうせ汚れてるし
！
失礼します
ぎゅうう
にこっ

パサ
ジャキ
よかった…
さっきの魔法の
的《まと》や殴《なぐ》られるより
楽でいいや
汚くて
長いし
切ってもらうと
助かる
それにしても
なんでみんな
そんなに
震《ふる》えているんだろう？
チラ
カタカタ
そのぐらいでいいわ
は…はい！

…
このメイドでは
ないのか
まぁそうね
気づかれずに
魔法を使えるほど
器用にも見えないもの
しかし
万が一のために
処分しておかないと
いったい誰が
助けているの？
誰であろうと
リュシエンヌを
助けられては困る
この子は
私の切り札《ふだ》だもの

ドンッ
入りなさい！
わっ…
あ…
…お兄ちゃん！
やぁ
今日もひどい恰好《かっこう》だねぇ
あはは…
でも今日はケガしなかったの
この人は
あれから毎日
少しの時間だけど
来てくれる

舌はどう？
もう全然
平気
痛くないよ
お兄ちゃんがくれた
飴《あめ》のおかげ
そっかぁ
それはよかった
今日も
優しいな…
あの時はこれが
ヤンデレ!? って
びっくりしたけど

さっき王女様たちに
追いかけられた時
とは全然違う
彼には恐怖心はなくて
むしろ最後は殺しに
来てくれることに嬉しく
なってしまった
名前呼びたいな
呼んでほしいな
ここにずっといれば
お兄ちゃんと
離れなくて済むのかな

どうしたの～？
ううん
なんでもない
それより
もしかしてさっき
魔法で助けて
くれた？
…あいつら
顔真っ赤にして
おもしろかったねぇ
やっぱり
お兄ちゃん
だったんだ！
ありがとう
スッ
ダメッ!!

い…今はさわっちゃダメ
なんで?
汚いしお兄ちゃんの服も濡《ぬ》れちゃうから
君は汚くないよ
わあ…

あったかい…
もう乾《かわ》いた…！
お兄ちゃんって
すごいね
なんでもできる
そうでもないよ～
できないこともあるし

髪の毛
短くなっちゃったね
あ…
うん…
でもいいの
邪魔だし
もっと
切ってほし
かったよ
それにしても
髪を切られた時
みんな真っ青な顔
だったけど なんで
だったのかな？
あぁそっか
君は知らないか

魔力っていうのは体だけじゃなくて髪にも宿っていて
長い髪には魔力も溜《た》まりやすいって言われてるから他人の髪を切るのは
その人間の魔力量を減らすという行為で重い罪に問われるんだ
親族かちゃんと専門の人じゃないと切っちゃいけないんだよ
この世界の風習かな…？
ゲームにそんな設定なかったよねなんかピンとこないけど…
それってどれぐらい悪いことなの？
んーそうだねぇ

人を殺すのに近いかな
それは…
こわいね…
でもわたし魔力ないんだよね？
まぁそういう感覚が当たり前だからね
魔力なしのほうが珍《めずら》しいし

そっか…髪ってそんなに重要なんだね？
そうそう 髪に魔力が宿るから魔法を使う時に媒体として使用することもできるしね
ふぅん……？
…そうだね 魔力ないもんね
わかりやすいものだと
遠くの国ではずっと一緒にいられるよう願いを込めて夫婦や恋人が互いの髪を一房《ひとふさ》使った飾《かざ》りを作って 交換して持ち歩く風習があるんだ

お兄ちゃんも信じてる？
…
そうだねぇ
意外だなぁ
信じなさそうなのに
でも…それなら
もしお兄ちゃんの髪を切ることがあったらほしいな
ボソ
え？
あ…
アハハ
なーんて

いいよ～
その代わり 君の
髪もちょうだい
!
うん
もちろん!
あっでも
今は汚いから
いつか綺麗《きれい》に
なったときで…
えー今でも
かまわないのに
それはダメ…
まぁオレも交換
するなら伸ば
さないとね

交換の約束してくれた…それって…
一緒にいてくれるってことだよね？
どうしようどんどん欲深くなっちゃう…
帰る前に
これから少し大事な話をするね

もう少ししたらちょっと怖いことが起こる
でも必ず迎えに来るから
誰にも見つからないように隠れてて
怖いこと…？
まさか…クーデターのこと…？
ここがいいね
隠れられる？
う…うん
外が騒《さわ》がしくてもオレが来るまで出ないでね
オレはこれから忙しくて来れなくなる

寂《さび》しい？
…うん
オレも～
ニコッ
本当は
攫《さら》えちゃえば
いいいんだけどね～
君は王女様で
取り巻く事情が
ちょっとやっかいでね
ごめんね
そう
王女…？

君はこの国で一番えらいひとの娘
お姫様なんだよ
続きはコチラ！
ピッコマにて先行配信中！
コロナEXにて順次配信！
コミックス1巻好評発売中！

腹黒アサシンの年の差・偏愛ファンタジー！
もう、泣いても
叫んでも
逃がさない、し――
なんであんた
ばっかり……！
NEXT EPISODE
緊張するなあ。
豊穣祭で歌姫に選んでもらえたの、
頑張って成功させなきゃ！
一緒に舞台に立つオリヴィエとは、
仲が悪いままなんだけど……って、
ナイフを隠し持ってたの!?
オレの奥さんに
手を出すな
夏、第7巻発売！

ゲームシナリオ編完結！　無垢な王女と
悪役の王女に転生したけど、隠しキャラが隠れてない。
I WAS REINCARNATED AS A VILLAIN PRINCESS, BUT THE HIDDEN CHARACTER IS NOT HIDDEN.
7
早瀬黒絵 KUROE HAYASE
イラスト comet
キャラクター原案 四つ葉ねこ
2024年

悪役の王女に転生したけど、隠しキャラが隠れてない。6

2024年4月1日　第1刷発行

著　者　早瀬黒絵

発行者　本田武市

発行所　TOブックス
〒150-0002
東京都渋谷区渋谷三丁目1番1号　PMO渋谷Ⅱ　11階
TEL 0120-933-772（営業フリーダイヤル）
FAX 050-3156-0508

印刷・製本　中央精版印刷株式会社

ISBN978-4-86794-111-9